煤河

［澳大利亚］亚历克斯·米勒 著

李尧 译

北京 外语教学与研究出版社

京权图字：01-2017-2589

图书在版编目（CIP）数据

煤河／（澳）亚历克斯·米勒（Alex Miller）著；李尧译 . -- 北京：
外语教学与研究出版社，2017.4
　书名原文：Coal Creek
　ISBN 978-7-5135-8749-5

Ⅰ . ①煤… Ⅱ . ①亚… ②李… Ⅲ . ①长篇小说-澳大利亚-现代
Ⅳ . ①I611.45

中国版本图书馆 CIP 数据核字 (2017) 第 076329 号

出 版 人　蔡剑峰
项目策划　张　颖
责任编辑　孙嘉琪
执行编辑　姜霁凇　朱莹莹
装帧设计　柴昊州
出版发行　外语教学与研究出版社
社　　址　北京市西三环北路 19 号（100089）
网　　址　http://www.fltrp.com
印　　刷　三河市北燕印装有限公司
开　　本　787×1092　1/32
印　　张　8.5
版　　次　2017 年 5 月第 1 版 2017 年 5 月第 1 次印刷
书　　号　ISBN 978-7-5135-8749-5
定　　价　42.00 元

购书咨询：（010）88819926　电子邮箱：club@fltrp.com
外研书店：https://waiyants.tmall.com
凡印刷、装订质量问题，请联系我社印制部
联系电话：（010）61207896　电子邮箱：zhijian@fltrp.com
凡侵权、盗版书籍线索，请联系我社法律事务部
举报电话：（010）88817519　电子邮箱：banquan@fltrp.com
法律顾问：立方律师事务所　刘旭东律师
　　　　　中咨律师事务所　殷　斌律师
物料号：287490001

目　录

中文版前言

亚历克斯·米勒

　　李尧与我是长达将近四分之一世纪的朋友。最近他翻译了我的第十一本小说《煤河》，并请我为这个中译本写前言。欣然命笔之时，我必须首先对他作为我的挚友和我的作品坚定的支持者表示敬意。我最早认识李尧是在 1994 年。他在我墨尔本的家里住了一段时间。那时候，他正在翻译我的《浪子》（*The Ancestor Game*）。后来，我们在中国见了两次面，在墨尔本又见了两次面。2014 年，他又来到澳大利亚，接受悉尼大学授予他名誉文学博士学位这一非同寻常的荣誉。我们相聚甚欢。没有李尧，我的作品就不可能为中国读者所知。我深深感谢他把我的作品带到一个说普通话的人的世界。

　　《煤河》是这样诞生的。有一天傍晚，我独自洗餐具的时候，脑海里突然闪过鲍比，他对艾瑞·柯林斯的爱以及发生在煤河的悲剧。就像一个人在丛林里漫步一样，我发现晚上独自洗餐具的时候，特别容易给自己讲故事。不过大多数时候，我在第二天早晨就把那些故事忘到脑后，再也不会想起来。

可是，鲍比·布鲁这个人物——《煤河》故事的叙述者一直在我的脑海里萦绕盘桓，不肯离去，不把他写出来，我就不得安宁。

于是，我写出了这个故事。小说的主人公鲍比是丛林人，半文盲。年轻时，我在昆士兰北部穷乡僻壤的牧场干活儿时，就是和这样的人在一起。我喜欢他们，赞赏他们。鲍比是个诚实的小伙子，信奉父母教给他的价值观。他在《煤河》里讲述了一个凄美的故事，一场痛彻心扉的悲剧，一段温馨甜蜜的爱情。我的想象力围于鲍比简洁的叙事方式之中，从回忆事实真相开始，告诉人们，"煤河"的杀戮并非像媒体宣传的那样——出于报仇雪恨这样邪恶的愿望，而是文化冲撞造成误解的结果。

鲍比讲述这个故事的目的是为了纪念他的朋友本·托宾，为了还原事实真相。这个真相被法庭和媒体扭曲，本·托宾被描绘成"冷血杀手"，最终被送上绞刑架。鲍比的讲述豁达、真诚，让人深信不疑。他让我们知道，尽管不必把他说的话当作真理，但他所说绝非传言。读者因此而对他的叙述倍加信任。

在澳大利亚，也有许多反映偏远山区的轰动一时的小说和电影。生活在沿海大城市的人们如饥似渴地阅读和欣赏这些文艺作品。他们在楼宇丛中生长，认为丛林与山峦是危险之地。而我自己的经验恰恰相反，与我相处的山里人都真诚、朴实，行为举止并无不当。可是媒体只关注所谓轰动效应，对那些

给斯蒂芬妮、罗斯、凯特和伊尔琳

作品真实与否不感兴趣。《煤河》反其道而行之。鲍比的讲述，就是去伪存真的过程，我的创作就是还原历史的过程。

撰写《煤河》对于我是一种享受。我仿佛在聆听一个男人和一个年轻女人凄美的爱情故事。我似乎在北昆士兰苍莽丛林和逶迤群山干活的时候就认识他们俩。我知道他们的所思、所想、所爱、所恨。我非常幸运，和这样一群男人、女人一起度过青春岁月，并且建立了对我一生都至关重要的深厚友谊。鲍比·布鲁、本·托宾、艾瑞·柯林斯永远是我敬重的朋友。在我的心底，《煤河》就是献给他们的。今天，我又通过李尧把它献给中国读者，希望受到大家的欢迎。

2016 年 9 月 8 日

墨尔本

序 言

狄克逊·罗伯特

　　亚历克斯·米勒是澳大利亚当代最重要的小说家之一。他的小说不但普通读者容易接受，而且具有很高的文学价值：内容充实，结构严谨，聪明睿智，充满哲思，富于想象力，蕴含道德的力量，技巧炉火纯青。他得过许多大奖，最重要的是：1993 年出版的《浪子》(*The Ancestor Game*)，2003 年出版的《石乡行》(*Journey to the Stone Country*) 获澳大利亚迈尔斯·富兰克林文学奖。《浪子》还获得 1993 年英联邦作家奖。2001 年出版的《忠诚的条件》(*Conditions of Faith*) 和 2011 年出版的《情歌》(*Lovesong*) 获新南威尔士总理文学奖。2012 年，因其在文学创作方面的卓越成就，荣获"百年奖章"和墨尔本文学奖。2011 年，亚历克斯·米勒当选为澳大利亚人文科学院院士。

　　米勒 1936 年生于英格兰，1952 年移居澳大利亚。他在昆士兰中部的丛林和卡彭塔利亚湾工作生活一段时间后，于 1965 年毕业于墨尔本大学，主修历史并开始写小说。他最初两部小说是《观登山者》(*Watching the Climbers on the*

Mountain，1988）和《特温顿鹿》（*The Tivington Nott*，1989）。

　　米勒的小说可以分为三个部分。《浪子》是一部最具后现代特色的小说。这本书描绘了十九世纪到二十世纪澳大利亚和中国漫长而又错综复杂的关系。1987年到1988年，米勒来中国旅行之后，创作有了很大的突破。他先是创作了《浪子》，紧接着创作了《被画者》（*The Sitters*，1995），表明米勒把笔触伸向了墨尔本现代艺术。特别是他和画家里克·埃莫（Rick Amor）的友谊更触发了他创作的灵感，写出一系列反映澳大利亚艺术领域的优秀作品，构成了最为持久、见地深刻的"造型描述"（*ekphrasis*）。这些作品是《浪子》《被画者》《普罗乔夫尼克的梦》（*Prochownik's Dream*，2005）和《秋天的莱恩》（*Autumn Laing*，2011）。这在澳大利亚文坛前所未有。

　　《浪子》在中国读者中引起很大反响。因为它反映了从十九世纪五十年代维多利亚时期的"淘金热"到二十世纪七十年代，一百多年间四代华人移民在澳大利亚经受的苦难，以及他们对当代澳大利亚发展做出的贡献。小说揭示了人类普遍存在的"祖先情结"，受到不同国家、不同种族读者的欢迎。

　　米勒反映昆士兰中部地区社会生活的小说，更多的是以农村而非城市为背景，代表作是《石乡行》《别了，那道风景》和《煤河》。这些作品围绕关于原住民土地所有权的《马博裁决》[1]、"被偷走的一代"的报告，以及随后达成的民族和解这样

1　《马博裁决》：澳大利亚联邦政府于1993年通过的对原住民土地所有权问题的立法。

一些澳大利亚历史上的重要事件，深刻揭示了澳大利亚社会由来已久的矛盾，以及人类历史发展的必由之路，具有深刻的历史与现实意义。

这两个系列主要描绘了偏远农村牧区和国际化大都市的生活。米勒将其称为澳大利亚生活的两个截然不同的"半球"。与之交叉的是第三个系列《忠诚的条件》和《情歌》。作品的主人公是倔强独立的女性，都源于米勒自己在巴黎和突尼斯的生活经历。

《煤河》出版于2013年，是米勒出版的第十一本小说，获得2014年维多利亚总理奖。

《煤河》又"回归"到米勒最初创作的《观登山者》所反映的那个时代——二十世纪四十年代昆士兰遥远的农村。评论家将其与马库斯·克拉克[1]的《无期徒刑》、罗尔夫·博尔德沃德[2]的《武装行劫》和赫尔曼·麦尔维尔[3]的《水手比利·巴德》相提并论。也就是说，大家都认为米勒的《煤河》堪与十九世纪末期关于个人与司法、监狱、军队抗争的经典之作比美。这些小说的主人公都是无罪的囚犯、工人阶级小伙子，或者被

---

1 马库斯·克拉克（Marcus Clarke，1846—1881）：澳大利亚著名作家和诗人。他的代表作是《无期徒刑》（*For the Term of His Natural Life*）。

2 罗尔夫·博尔德沃德（Rolf Boldrewood 1826—1915）：原名托马斯·亚历山大·布朗（Thomas Alexander Browne）。澳大利亚著名作家，其代表是《武装行劫》（*Robbery Under Arms*）。

3 赫尔曼·麦尔维尔（Herman Melville，1819—1891）：美国小说家、散文家和诗人。其代表作为《白鲸》（*MobyDick*，1851），这部小说被认为是美国最伟大的小说之一。麦尔维尔被誉为美国的"莎士比亚"。

腐败制度和病态个人迫害的年轻下级军官。米勒指出：《煤河》是"与清白无辜、聪明睿智、残酷制度相关的寓言。"与十九世纪澳大利亚经典之作《武装行劫》的比较，更具有特别的意义。因为博尔德沃德笔下的狄克·马斯顿，和米勒塑造的鲍比·布鲁一样，在监狱里书写了自己的故事，赢得格雷西·斯托菲尔德的爱情。格雷西像艾瑞·柯林斯等鲍比一样，等待狄克·马斯顿。书中，鲍比用非常简朴的语言描述了他人生的悲剧。字里行间虽然不无悔恨与懊恼，但主旋律始终是他对艾瑞的爱。"……是艾瑞教会我读书写字，要不然我不可能记录下降临到我们头上的灾难。"

《煤河》的背景是昆士兰西北部偏远的农村——干草山。这是作者虚构的一个丛林小镇。故事的叙述者鲍比·布鲁是一个纯朴的农民，他的父母也是农民。他们和生活在这里的原住民结下深厚的友谊。这是一个非常干旱、贫瘠的地方。生活在这里的人们贫穷、社会地位低下。鲍比对这块土地的热爱通过他对这里的植物、动物和独一无二的自然景观的描述传达出来。

一个名叫丹尼尔·柯林斯的新警察和他的妻子埃斯米、女儿艾瑞和米里亚姆来到干草山。对鲍比而言，柯林斯一家是属于另外一个阶层的澳大利亚人。他们是从海岸来的城里人，比当地农民受过更好的教育。鲍比成了丹尼尔·柯林斯的助手，并且很快就融入这个家庭。他教给小艾瑞丛林里的知识，艾瑞教他读书认字，学习文化。矛盾的爆发始于柯林斯指责鲍比和他的朋友本·托宾拐走了他们的女儿艾瑞和米里亚姆。在随后发生的误会中，丹尼尔·柯林斯和艾瑞的小妹妹米里亚姆被打死。警方指控鲍比和本犯了谋杀罪，将他们逮捕入狱。事实上，正如艾瑞所知，她的妹妹是被她自己的父亲无意中打死的。但是因为年纪太小，艾瑞无法出庭作证。本和鲍比被判绞刑。本被执刑后，因局有变，加之村民担保、律师奔走，鲍比被改判无期徒刑。艾瑞一直等待鲍比有朝一日出狱，盼望他们能最终相守一生。

米勒抨击这一"司法危机"的行为，对《煤河》的读者发起挑战。他希望今天的人们不是像上世纪四十年代的丹尼尔和埃斯米·柯林斯——现代"海岸人"——那样按照法律条文看待整个事件，而是从鲍比，这样一个质朴的、没有受过教育的农民的角度，倾听他发自肺腑的声音。在这一过程中，我们必须克服自己的偏见，去捕捉人生的真谛。

这部貌似简单的小说其实提出一个极具深度的"悖论"：米勒笔下那位半文盲的叙述者鲍比·布鲁给我们讲述了一个真实可靠、符合伦理道德的故事，而那些比他受过更良好教育的人，那些社会地位更高的掌权者，包括警察、法官、媒体记者却完全曲解了这个故事。米勒从鲍比身上看到他所赞赏的土著人的品格。他说，尽管鲍比不是土著人，但他从周围土著人身上学到了许多东西。

对于米勒的读者而言，挑战在于，你将做出怎样的选择？是站在知道真相、看到真相但却不善表达的淳朴农民一边，还是站在传播不明确事实的警察与媒体一边？米勒从鲍比·布鲁的角度出发，用这个简单朴实的农民小伙子的声音娓娓道来一切，这就为读者做出选择增加了难度。他们将不得不从貌似真实，实则虚假复杂的故事中，抽丝剥茧，找到真实的存在。学会如何阅读，如何去伪存真，正是这本小说的主题之所在，挑战之所在。这使得阅读《煤河》本身就成为一堂阅读课。通过这堂课，读者将学会正确地理解人和事，而不至于陷入类似将鲍比吞没了的不公平之中。

2016 年 9 月 1 日写于悉尼大学

第一部

一

小时候，母亲告诉我和查理，圣保罗说过上帝选择了世界上软弱的东西，愚蠢的东西，卑劣的东西和被人鄙视的东西。她说，我们都被钉在十字架上。不论什么时候，只要看见我难受，她就摸着我的脸颊，苦笑着说："我们都被钉在十字架上呢，鲍比·布鲁。你别忘了。"那是她经常叫我的方式，她的鲍比·布鲁。我们哥俩中，我是年幼的，也是她最宠爱的。查理还是小男孩儿的时候，就对妈妈敬而远之，总是一个人待在什么地方。他有一头红发，而我们家其他人都是黑发。我觉得，他一直不把自己当作这个家的一员。直到今天，我还为妈妈最后一次闭上眼睛，和我们，和这个世界告别时，我不在她身边而懊悔不已。我知道，她肯定会说些充满爱和留恋的话，即使我们不在身边。那些我没有听到的话，一直在我心里燃烧。我现在听到了她死之前没有得什么病，所以我和父亲一点儿预感也没有。那时候，我虽然还是个孩子，但自以为已经长大成人，经常和爸爸一起在营地灌木丛干活儿。查理为了躲避爸爸的唠叨，跑到海边找工作去了。

听闻妈妈死讯的时候，我和爸爸正在小镇铁路终点站给道森先生往围栏里赶小公牛。那时候，干草山的警察是乔治·威尔逊。他开着道奇牌客货两用车来镇里办事，告诉爸爸，妈妈已经死了一个星期。老乔治·威尔逊唇髭耷拉着，身上的卡其布警服松松垮垮，给人一种很悲伤的感觉。他左边腰间别着一支很大的韦伯利左轮手枪。手枪的皮套子总是牢牢扣着。我常常想，他一定没有应付突发事件的思想准备。想象之中，我看见他胸部中弹，双膝跪在地上，手指摸索着想打开手枪皮套。事实上，我从来没有见过乔治拔出手枪。而且，我怀疑，他压根就没用过那玩意儿，不过总是带在身边。我想，只是防备万一吧。那天，他满脸严肃，站在一个斜坡上，一只手无精打采地拿着汗水浸湿的警帽，另外一只手的手指捋着小胡子。我以前就注意到，乔治看到我父亲的时候，总是有点紧张，总爱往后缩，好像害怕父亲指责他给他带来什么坏消息。拉开点距离，这是乔治·威尔逊处理他与我父亲之间任何麻烦时的做法。不是因为我父亲是个惹是生非的人，而是因为他沉默寡言，不苟言笑。人们和他打交道的时候，总是小心翼翼。

那是下午晚些时候，微风徐徐，从西边的荒漠吹来大块大块灰色的云朵。那云朵仿佛刚在什么地方下过雨，现在突然投下黑影笼罩了牲畜围栏。围栏里的牛都不安地躁动着，大声吼叫起来。喧闹声中，听不清乔治在说什么，但我看出谈话内容一定很重要。爸爸似乎什么也没说，只是停下手里的活儿，静静地听着，直到乔治报告完他的消息。然后，继续干我们正在干的活儿——往牲口身上打印记。

父亲除了在发火时跟你嚷嚷之外，平常很少说话。我们出去干活儿的时候，他总是举起手里的鞭子指一指，因为他心里明白，我的目光就在他身上，就像铜管乐队演奏员，一只眼睛看着乐队指挥，另外一只眼睛盯着乐谱。那个年代，年纪大的人们都这样——只需"指手画脚"，小辈儿便明白他们的意思。他们没有时间像现在的人那样大声叫喊，发号施令。吆五喝六，让你赶快干活儿不是他们的风格。灌木林里，伴随他们的只有穿行在树木间的牲畜踩踏大地的声音。被分开的母牛和小牛犊在你的马前面互相叫唤着寻找对方。这音乐的声浪那么熟悉，我们已经不再侧耳静听。因为那只是日常生活的一部分。是我们一起度过的好时光，我永远不会忘记。如果父亲到另外一个世界之后，看到我和本·托宾把生活搞得一团糟，他一定希望在我们陷入麻烦之前，就有机会早早地介入我们的生活，用他的"指手画脚"，重新指导我们。爸爸会以在灌木林看到麻烦正向我们走来的那种方式，看到危险正步步紧逼。他有一种预感。许多次，在营地围着火堆吃晚饭的时候，我看见他抬起头，听着什么。于是我知道，要发生什么事情了。但是，不到时候，他绝不会"泄露天机"。

那天，在围栏外听到妈妈已经死了一个星期的消息，我没有哭。可是后来，只留下我一个人的时候，我泣不成声。从那天起，我常常为妈妈哭泣，想着她对我们大家，特别是对我的爱。那种爱除了她，不会再有第二个人给我。我和爸爸把母亲埋葬在镇子水库后面的墓地。镇子里的人都来参加母亲的葬礼。他们都跟在我、爸爸、本·托宾和他父亲身后，向小山爬去。我们四个人抬着棺材，一点儿都不重。我看见父亲在坟墓旁边哭泣。他双手拿着帽子放在胸前，脸毫无遮挡地对着人群，将失去亲爱的伴侣的悲伤清清楚楚展示在大家面前，毫无羞涩。那是我唯一一次看到爸爸哭，深受感动。我悲痛欲绝，和他一起哭了起来。查理没有从海岸回来参加妈妈的葬礼。

大约十年或者十一年之后，我把父亲埋葬在母亲旁边。本的父亲死于肺癌，也埋在那里。父亲是从马背上摔下来，又活了一阵子才走的。他离开人世的时候，我一直握着他的手，守在他身边。父亲很痛苦。我想，他对离开这个世界并不遗憾。他对我说的最后一句话是：我爱你，儿子。听到从他嘴里说出这句话，我感到非常温暖。从那以后，这句话一直珍藏在我心底。只要碰到困难，仿佛就听见他对我这样说。爸爸相信我，相信我在灌木林里的能力。没有什么比来自父亲的信任更让我骄傲自豪的。他是我知道的最优秀的骑手。早晨，他和一匹桀骜不驯的野马走进场院。等到这天结束，那匹马已经成了他很好的"工作伙伴"。毋庸赘述，他和马就是这样一种关系。其中有什么秘诀，谁也不知道。他从来不对马大声吆喝，更不会举起鞭子打它们。他是从我爷爷那儿学会这一套做法的。爷爷以那个年代非常沉稳的方式，在金合欢树和粉绿相思树茂盛的荒野把他拉扯大。他们是很严厉的人，但是内心深处和行为举止有一种信仰和优雅。而这一切，现在已经难得一见，并且被人们忘却了。不知道为什么，我没有查理的联系方式，无法请他回家参加父亲的葬礼。但是站在坟墓旁边，我替他祈祷，这样不至于把他落下。妈妈死的时候，知道查理不在家，心里一定非常孤独。我无法解释这一切。我们家就是这个样子，没有什么好说的。

母亲孤独地死去，两个儿子和丈夫都不在身边。不过那个年代，干草山的人不觉得这种事多么稀奇。干草山以西，没有别的镇子，只有两个大牧场。一个是斯坦巴依家的唐斯牧场。牧场主是英格兰人。另外一家是爱尔兰人，他们的名字我总不记得。只有跨过边界，进入北领地，才有所谓的"镇子"。可是我从来没有去过那么远的地方，除了一个被人们叫作"轮子"的地方，没听说过别的什么镇子。我不知道那个地方是属于北领地，还是属于昆士兰州。如我所说，我从来都没有去过那个地方，只知道"轮子"这个名字。

每逢妈妈去世的周年纪念日，除非我们在营地，否则我都要到墓地祭奠。但是我从来没有见过爸爸去墓地。我想，他一定不愿意总想着妈妈已经在九泉之下。这是他生活中的不幸。在营地，他勉强可以忘记这个事实。母亲从来没有跟他到过营地，没有在这里留下任何踪迹，所以，在这个环境，没有她似乎很正常。只有回到镇里，他才能见到妈妈。父亲大约是一九四六，或者一九四七年去世的。我当然记得这个不幸的事，但是我对日期、数字不敏感，所以不记得准确的年份了。

那时候，我的生活发生了很大的变化。我已经二十岁了。估计丹尼尔·柯林斯也就是那个时候离开部队的。我要叙述的麻烦事也就从那时候开始了。我的父亲死了，本的父亲也死了。对于我们俩，过去的日子已经结束。为谋生计，我不得不环顾四周，找一条新路。牧场乐于给我一份工作，我也完全可以待在那儿侍弄牲畜。可是，现在有一个和新来的警察一起工作的机会出现在眼前，我便想先干一段时间再说，全然没有想到事情会发展到后来那样无法收拾的局面。

战争期间，丹尼尔·柯林斯作为澳大利亚军队的志愿兵，驻扎在新几内亚[1]。战争结束之后，他到昆士兰警察局工作。我们认识丹尼尔——这位干草山的新警察时，他的大女儿艾瑞十二岁，或者十二岁上下。小女儿九岁，或者十岁。我说不太准。战后，埃斯米和丹尼尔很快就投入新的生活。这一点并不是每个退役回来的人都能做到。埃斯米是个意志坚定，原则性很强的女人。丹尼尔入职的布里斯班警察局的同事告诉他，可以申请到丛林地区当警察，但首先得当一个好骑手。他对他们

1　新几内亚：澳大利亚北方岛屿。

说，他懂马。但我认为，丹尼尔·柯林斯对马最多也就是"略知一二"。于是他申请到干草山当警察。因为老乔治·威尔逊终于离职之后，这个位子空缺了。乔治·威尔逊在干草山干了三十年的警察。任职期间，倘若遇到麻烦，他总是在亲自介入之前，先让矛盾自行化解，分清是非。事实证明，常常在他振作精神准备干预之前，问题就已经解决得差不多了。乔治信奉被他称之为"自然和平"的法则。有的人却说，这个法则不过是懒惰的别名。不过就我看来，在我们这个镇子里当警察，乔治·威尔逊这样行事是上上策。"淘金热"早已成为过去，只剩下屈指可数的几个还在做"黄金梦"的老家伙在废弃已久的矿坑和乱石中搜寻。大牧场的牧人们一年来一两次镇子，也很少惹是生非。就我所知，乔治在干草山干了三十年警察，只碰到两起杀人案，从来没有发生过抢劫。偷几头牛通常都是牧场年轻人当消遣的恶作剧，并未酿成什么大事儿。那事儿是谁干的，大伙儿都心知肚明，很快便加以制止。干草山平静安宁，不像伊萨容易出事儿。不过我从来没有去过伊萨，完全是道听途说，没有什么事实依据。

父亲去世、乔治·威尔逊退休、战争结束，这三件事情几乎同时发生。而我也就此告别了营地里生活的岁月。我没怎么考虑应该如何申请当警察助手，只是径直走到丹尼尔面前，要他让我干这差事。我们俩握了握手，他便同意把我留下。乔治·威尔逊从来没有用什么人给他当助手，丹尼尔·柯林斯却在酒馆宣布，他有资格招募一个助手。我们都看出，丹尼尔是个照章办事的人。这是我们注意到的第一个变化。如果我知道本和丹尼尔之间将发生什么事情，我一定会思前想后，避之唯恐不及。可是那时候，我只觉得那是一份工作，一份我需要的工作。

布里斯班的警察嘲笑丹尼尔，对他说，千万不要因为无聊死在被他们称之为蛮荒之地的崇山峻岭。可是丹尼尔是个对什么都感兴趣的人，并不是只想干警察那点活儿。他说，情愿冒一把无聊的险。他认为，战争剥夺了自己最好的年华，他要把损失的时光补回来。至少他是这样对我说的。对他和家人而言，来干草山无异于历险。我觉得他们最多也就是在山林里待上两三年，然后打道回府，把这一段经历当作茶余饭后聊天的话题。丹尼尔和埃斯米把改进干草山当作挑战。但是，如果他们能像乔治·威尔逊那样不操之过急，而是慢慢了解干草山这种地方的风土人情，事情一定会办得更好。可惜这不是他们的行为方式。

对于柯林斯这样的人，干草山是"内地"，但对我们而言，干草山就是干草山。如果干草山的人听说过有什么"内地"，也不会知道"内地"在哪儿。但是丹尼尔和埃斯米确信他们已经身处"内地"。结果在齐勒·斯维尔斯旅馆的酒吧里，闹出不少笑话。据我观察，丹尼尔和埃斯米从来也没怎么想过，像他们这样远道而来，到干草山当警察的人应该如何处事才好。他们肯定认为我们是一帮呆头呆脑的乡下佬，认为他们比我们懂得多，没有什么可向我们这些山里人学的东西。然而，他们是海边长大的人，从来没有到过山区。在山区，百里之内谁都认识谁。如果突然来了个陌生人，绝对逃不脱大伙儿的眼睛。事实上，很少有陌生人出现在这里。老乔治是山里长大的，对我们这儿的风土人情自然十分熟悉。丹尼尔知道别的事情。他有研究内陆地区地质结构的书，有关于当地人民和历史的书。他建议给大家朗读他带来的这些书，俨然一位鹤立鸡群的专家。

警务站位于干草山的主街，柯林斯一家住在后面那幢房子里。两边都是空地，只有一些老房子留下的残垣断壁。往西，警务站斜对过，是霍伊的牛奶冷饮点心铺和杂货店。这家杂货店也是邮局。除此以外，还有两家小商店，前面的窗玻璃都破了，上面钉着波纹铁皮。接下去就是齐勒·斯维尔斯旅馆了。电影院坐落在你往西去时路过的街角，不过早就被大火夷为平地，一直没有重建。旁边有个网球场，杂草丛生。从我小时候起，就没见有人在那儿玩过。大礼堂摇摇欲坠，木头框架几乎被白蚁蛀空。小镇唯一的加油站在霍伊家的杂货店旁边。情况就是这样。离那座被烧毁的电影院大约一百码远的是学校。我一直纳闷，他们为什么把学校建得那么远。也许他们以为小镇会扩大到那一带，可是一直没能如愿。边远牧场的孩子们和镇子里的孩子们都来这儿上学。他们就像两个部落的人，经常打架。那时候，黑人和白人的孩子们都在一起读书。后来，等政府引进新理念之后，情况就变了。镇子里的人都散居在菲布罗水泥瓦和木头建造的房子里，就像爸爸妈妈那幢老房子。房子的主人如果死了，或者远走他乡，房子通常就空了下来。这周围就有好几座被人遗弃的房子。有一天，我骑马从我们家那幢老屋走过，看见镇子里几个男孩正使劲踢墙板。大部分窗玻璃早就被人打得粉碎。房子没人住的时候，就是这个样子。当时我真想一把火把它烧了。不过没那么干，而是继续策马向前。我想，到今天，那座老房子一定还在那儿，即使只剩下残垣断壁。

干草山不像从前，已经没有一个真正的"市中心"。山羊穿街而过，见了什么都要啃上几口。狗见怪不怪，懒得撵它们，只把脑袋放在爪子上舒舒服服躺在树荫下面，直到那些家伙走到跟前，才懒洋洋地汪汪叫几声。运送邮件的卡车每周去两次海岸，回来的时候拉着镇子里和周围农场人们需要的杂货与一桶桶燃油。如果你不愿意打搅他们平静的生活，如果你对他所做的事情理解到位——就像乔治·威尔逊那样——我得说，干草山不是个难管理的地方。

父亲去世后，我成为丹尼尔的助手。埃斯米对我很热情，她让我和她、丹尼尔以及两个女孩儿一起在警察家厨房里吃饭。我不和他们住在一个屋檐下，而是住在警务站后面一个可以住两个人的房间里。这很适合我，因为紧挨围场和马棚。我大部分时间都待在那儿。一旦当了丹尼尔的助手，我便立刻进入角色。不等他吩咐，就给警务站那几匹马都钉上马掌。服侍完它们之后，也不到丹尼尔面前表功。父亲和本的父亲活着的时候，我们就是这样干活儿。看到有活儿要干，干就是了，用不着什么都挂在嘴边儿。警务站有两匹马，我自己有两匹马，所以一点儿也不忙。父亲那匹老驮马——"花花公子"一到围场，就称王称霸。警务站那两匹马见了它吓得差点儿跑到围栏外面。"花花公子"和我那匹母马"老娘"亲如手足，警务站的马一靠近"老娘"就被"花花公子"赶跑。我花了一两个星期的时间才把它们调理得"各就各位"。它们一直没能变成朋友，不过总算学会和平共处。

那时候，我把在干草山学校学的那点儿文化早忘了个精光。从十岁起，我就和爸爸在营地里干活儿，妈妈没有机会教我读书写字，即使她有这个心。是丹尼尔和埃斯米的大女儿艾瑞教会我正确读写，否则我也不会把后来遇到的这些麻烦事都记下来。艾瑞的妹妹米里亚姆经常嘲笑我不会做作业，艾瑞却从来不说三道四。她只是静静地坐在那儿帮我学习。她有一头棕发，和父亲一样，皮肤白皙。阳光明媚的时候，如果她出去不戴帽子，不一会儿脸就晒得通红。她教我读书的时候很温柔，也很有礼貌。可是这个女孩儿内心深处却好像装了个弹簧，压力越大反作用越大，宁折不弯。她不接受妈妈埃斯米和丹尼尔的批评和建议，总要顶嘴，总是坚持自己的想法。我很快就发现她这个特点，并且很赞赏她这种性格。没多久，我就有点爱上了这个姑娘，尽管她还是个孩子。我喜欢她我行我素，独立自主的性格，发现她正是我母亲和父亲喜欢的那种女人。唉，真希望他们能认识她。如果在我小时候，查理的秉性更像她一点，我就会有一个像朋友一样关照我的大哥哥，也许后来就不会和本走得那么近了。可是查理历来就不合群。我从来都不知道他脑子里想些什么。他独来独往，你压根儿就弄不明白他要到哪儿去。我一直就不喜欢他。他和爸爸也合不来，爸爸总是挑他的毛病，责骂他。查理对养牛养马全无兴趣，对父亲和父亲的手艺一点儿都不欣赏。他对父亲心存畏惧，当然不可能对他敞开心扉。父亲对此耿耿于怀。母亲说，我们的查理天生就和别人不一样。她经常摇着头说，想让他改变，没用。查理就那样了，她说。她还告诉父亲，你就知足吧。可是爸爸对大儿子这种做派没法"知足"。查理做什么都让他失望，都惹他生气。他对查理远比对我严厉，查理对此愤愤不平，巴不得赶快长大，离开干草山，过自己的日子。没多久，他就远走高飞了。他离家之后，爸爸再也没有提到过他。可是，夕阳西照的傍晚，母亲常常停下手里正干的活儿，自言自语：不知道我们的查理现在在哪儿？家里一直没有他的消息。我纳闷，他会不会因为我是母亲的宠儿而恨我。想起来我很是懊悔，当初有机会的时候为什么没有帮帮他？现在不想再找借口原谅自己了。

丹尼尔鼓励我读他那些地质和历史的书，可是那时候我水

14

平有限，还读不懂那些深奥的玩意儿。起初，他总想和我谈干草山的事儿，打听我对这家或者那家人的看法。他到我侍弄那几匹马的院子里，问我过去的事儿，我父亲的事儿和别的事情。可我这个人不善言辞，说不出个所以然。我假装对他说的那些事情很感兴趣，因为我看得出，他愿意我陪伴他，听他啰唆。但是，说实话，大多数时候，我都不明白他在唠叨些什么。倘若父亲还活着，一定会盯着看丹尼尔·柯林斯一眼，然后头也不回，扬长而去。想到父亲对他的态度，我有时候心里也会闪过一朵你称之为轻蔑的火花。但是我不会那样做，因为我知道他是个好人，不应该受到任何人苛刻的评判。不能因为他们来自海岸，就说人家是坏人，只是和我们不同罢了。记得他的一本书里有一幅照片。照片上的人站在蚁冢旁边，手里拿着一根很长的棍子。我不知道这幅照片是想表现这个蚁冢有多高，还是这个人有多高，还是这根棍子有多长，或者三者都在表现之列。但我记得一直看了好长时间，心里充满疑问，到今天依然记得清清楚楚。那个人没戴帽子，这副打扮那时候不常见。也许这就是我对这张照片至今记忆犹新的原因。我不知道那个人是谁。照片下面没有说明，我也没有问。没有必要刨根问底，非得弄清楚他是谁。

是的，没必要知道的事情我们从来不问。即使想知道的事情，也把疑问留给自己，等待时机弄个水落石出。大多数时候，随着时间的推移，总能自然而然得到解释。可是丹尼尔和我们不一样，他总在提问。跟我们这些山里人在一起，他不无鹤立鸡群之感。你看他永远都不会成为我们中的一员。如果我和他在小酒馆碰到齐勒，或者在杂货店碰到艾伦·霍伊或者他的太太，丹尼尔就会问长问短：孩子多大了？来干草山多少年了？来这儿之前住在哪儿呀？他的问题总是让人家尴尬。有时候我很不想听他叨叨。然而这是他满足好奇心的习惯。这种习惯横亘在他和干草山人，包括和我之间，成为障碍。尽管我得说，总体上我还算喜欢他。别人却直言不讳，说他是个该死的傻瓜，在这儿待不长。要是看到他走过来，都唯恐避之不及。如果我不知道他提出的某个问题的答案，就瞎编一通，好让他高兴。他似乎从来不介意我这样做，我也不知道他是否看出我在胡编乱造。不过我觉得埃斯米知道。如果她觉得我的答案太离谱，就会用那样的眼神看我一眼。丹尼尔把我的答案记在一个小笔记本上。这个本子一直装在他警服衬衣的口袋里，好像他认为，答案写在纸上，会更真实可靠。其实，我跟他说过的事情常常没过多久自己就忘到脑后。因为总是兴之所至，随口一说，大多数都是无害的谎言。看到他边听边摆弄着手指间的铅笔，准备把我说的话记到本子上，我觉得很好玩。他好像认为我是干草山的专家。

在这个问题上，埃斯米和我心照不宣。不过我们俩并没有和丹尼尔分享这种感觉，甚至相互之间也没有公开这个"秘密"。只是一颦一笑、心知肚明而已。没有公开的东西并不是不存在。那时候，我很年轻，她也不老。我尊重她并且喜欢她，但是我也知道她是个原则性很强的人。这一点让我担心。事实证明，我的担心不无道理。然而，你不能告诉另外一个人如何改变生活方式，我也不曾试图告诉丹尼尔的妻子，改变自己，适应干草山，而不是让干草山适应她。我知道，她永远不会成功。干草山人就是干草山人，谁也无法改变。我们就是山里人。山里人瞧不起海边的人，嘲笑他们和他们独特的生活方式。

第一年过去了，干草山风平浪静。正如海滨总部警察们预言的那样，丹尼尔、埃斯米和两个女儿不会在这里碰到什么突发事件。他们来这儿，不过是城里一家人在群山逶迤、林莽无际的蛮荒之地进行的"冒险之旅"。丹尼尔在办公室里瞎忙，要把乔治·威尔逊留下的一大堆旧文件分门别类，整理归档。我从来没有见过丹尼尔胡子拉碴、衣冠不整的样子。他总是把脸刮得干干净净，衬衣熨得平平整整。他喜欢什么事情都有条有理。我想，乔治干了三十年留下的那堆玩意儿对于他一定是巨大的挑战。大多数人表面上看对他们都很友好。经过一番努力，埃斯米终于让网球俱乐部重新开张。艾瑞打得一手好网球。埃斯米总想发动大伙儿分工合作，搞点公益活动。不过，她很快就会发现，干草山人对她提倡的那些事情的热情不会长久。她搞了个舞厅，让人们去跳舞，可惜和她张罗的别的活动一样，红火没几天，便都黄了。干草山的女人们对她的生拉硬拽，让她们干这干那全无兴趣，而且很快就开始烦她，背后嘲笑她。我想，她一定认为她们的生活方式不好，看不起她们，所以才惹得大家对她一肚子不满。不过，也有许多女人只是因为懒，不想改变而已。

埃斯米一定觉得干草山的女人排斥她，随着时间的推移，便把注意力转移到警务站和自己家里，不再管镇子里的闲事，一切随她们去了。其实本来就该这样。她没来之前，人家日子过得也蛮不错。于是埃斯米在警务站那幢房子后面开辟了一座花园，种蔬菜和花。可是这里的气候不适合种菜。而且，一旦花园门没有关好，山羊就会跑进来把菜啃个精光。有一阵子，埃斯米把许多时间和精力都花在这件费力不讨好的事情上。头几个月，丹尼尔到灌木林里"探测"了好几次。他就是这么说的——"探测"，好像他之前没到过那里似的。他是徒步去的，我估计也就是在离家几百码远的地方转了转。先是采集植物标本，寻找岩画、土著人排列的圣石和诸如此类的稀罕物。不过，他对这些东西的热情很快便像潮水一样退去，开始花大量时间坐在办公室里整理乔治留下的那些文件。知道我从小就和父亲以及他的合伙人本·托宾的父亲一起在营地干活儿之后，丹尼尔表现出浓厚的兴趣。他总是问我，如果想知道土著人的信仰和他们的生活方式，应该找谁。我告诉他，找某某人或者某某人。虽然我明知道，这些人会对他说，他们压根儿就不知道他说的那些神圣之地在哪儿。这就是山里人的处世之道。如果不愿意告诉你，就说"不知道"。根据我的经验，大多数人都这样行事，无论白人还是黑人。在学校，老师问什么事儿的时候，孩子们也是这样对待。"不知道"，你每天都能听到这样的答案。我让丹尼尔去找的土著人一边掩嘴窃笑，一边告诉他去找另外一个土著人。因为那个人和他们不和，他们很想让丹尼尔用那些愚蠢的问题打搅仇人，自己站在旁边看热闹。那些家伙对他恭恭敬敬，丹尼尔却全然不知他们正拿他寻开心。

有一次，我听见丹尼尔对埃斯米说，土著人对他们自己的家园一无所知，相互仇恨。家族之间起些纷争，本来很正常，丹尼尔实在是言重了。他还搜集了不少石器。我或者任何一个人都可以告诉他，这玩意儿多的是。可是看到以为只有他才能找到这些东西，别人都不懂石器的价值，就随他去了。他感兴趣的东西，我们都不以为然。他喜欢逢人就讲他的计划，却没人愿意听他那些宏伟蓝图。

有一天，我骑着"老娘"暗地里跟踪丹尼尔。这匹母马还是小马驹的时候就和我在一起。为了纪念母亲，我就管它叫"老娘"。那天，我远远地看着丹尼尔在灌木林里转来转去，找他想找的东西，立刻就明白，他一点儿也不知道正被人监视。仅从这一点我就看出，他不是一个可以在这里久留的人。山里人被别人监视的时候，心里都一清二楚。他会打个手势告诉你，他知道你就在附近，压根儿就不在乎你是否在观察他，该做什么还做什么。如果你想搭理他，径直走过去说你想说的话就是了。如果只是路过，就走你自己的路，不必打搅。但他仍然会打个手势，让你明白，他知道你在哪儿。那些老家伙们，无论黑人还是白人，骑马走过灌木林的时候，从来不说话，也不发出任何响动。你很少看到他们让马离开小路，除非要去追踪一头小公牛，或者给一群野母牛领路。但是即使离开小路，山里人也会把周围的一草一木尽收眼底。暮色降临，沿着自己留下的踪迹回家时，他们便把早晨出来时看到的窝里的小动物和蜂蜜带走。他们从来不说看到哪棵酸橙树下有小动物，或者哪株枪木[1]的树杈上有蜂房。倘若他们看到，你没看到，那就糟了。因为他们不会告诉你。在他们眼里，看不到这些东西的人是十足的傻瓜。为什么要告诉一个傻瓜呢？

如果你和丹尼尔一起在灌木林里走，他看见什么东西，马上就指给你看，好像他认为你没有看见，想让你知道，那玩意儿是他先发现的。这样他就能给自己多加一分，别人就能高看他一眼。那天我尾随着他，暗中观察，看见他东张西望，却什么也没有看见。他从我留下的踪迹走过，却目无所视。我一直没对他说跟踪过他。他浑然不知。

那天上午，我在通往花园的篱笆墙旁边固定一扇门时，埃斯米喊我进屋喝杯茶。这是我们平常干活儿时休息抽烟的时

---

1 枪木：一种木质坚韧的木材。

间。丹尼尔到汤斯维尔[1]和那些老警察们开会去了，两个女孩儿在学校。我和埃斯米在厨房餐桌旁边面对面坐着，一边喝茶，一边吃她那天早晨做的"澳新军团饼干"。埃斯米直盯盯地看着我。我觉得最好还是说点什么，便说这饼干和我妈妈做的一样好吃。我说这话的时候，埃斯米满脸笑容看着我。"尽管吃，鲍比。"我又默默地坐了一会儿，匆匆忙忙喝完茶，想继续回去安那扇门。她说："我想听你读一读艾瑞教过你的那些课文，好吗？"我说，我倒乐意读，不过恐怕读不好。埃斯米站起身，从橱柜里拿出那本书。那里面还有别的书。她把书放到我的面前，在我旁边坐下，这样就能从我的肩膀上面望过去，看到我读的文章。她坐得离我这么近，我很不自在。她长得很好看，我远远地看着她，赞赏她。可是，如果她猜出我对她的赞赏，我心里会很不安。我打开书，清了清嗓子，从头读了起来。我知道那部分的内容我已经非常熟悉。朗读的时候，仿佛听见艾瑞和我一起读那些单词，这让我信心倍增，很快就放松下来。我翻了一页，要继续念的时候，埃斯米把手放到我的手上，让我不要再读下去。她说："谢谢你，鲍比。"我看着

---

1 汤斯维尔：澳大利亚东部昆士兰州东海岸港市，是通往澳大利亚热带雨林和大堡礁的大门。

她，觉得她似乎被自己的想法感动。她把手从我的手上拿开，合上书，说："我为你骄傲。希望你知道，你在我们家多么受欢迎。"我不知道该说什么，便什么也没说，只是低头看着那本书，希望这件事赶快过去。

从那以后，每逢两个女孩儿去学校上学，丹尼尔在办公室做记录，或者给汤斯维尔的同事打电话，我在院子里做杂务的时候，埃斯米就让我去给她读文章，我也高高兴兴地朗读。虽然不能说这种做法已经变成习惯，但我开始喜欢这样，而且我相信她也很喜欢。只有我们两个人在厨房，我朗读，她听，好像对她是一件很有意义的事情。我们仿佛因此而变成朋友。后来想起这件事情，我觉得，埃斯米之所以看重这件事情，或许因为她想要改变干草山的计划打了水漂，便把我看作她在干草山唯一成功的范例。我起初努力学习是为了取悦艾瑞，我觉得她很亲切。很快，就为了同时取悦埃斯米。为了不让她觉得如此信赖我是个错误。那时候，我们都习惯了相互的陪伴。我给她讲我童年和妈妈的故事。她总是十分认真地听着，好像很感兴趣。她从来没有对我讲过她的童年。所以我至今对她的经历一无所知。

有一次，我给她朗读完，准备去干活儿的时候，埃斯米走过来，和我一起站在门口。她站了一会儿，我等她对我说什么心里话。因为在我看来，她显然有什么事情要对我讲。她终于说："你知道，艾瑞这个孩子真不好管，鲍比。她和米里亚姆不一样。但她教你读书写字的样子，让我看到了她的另外一面。"埃斯米看着我微笑，"你对她的成长很有帮助，鲍比。丹尼尔和我都很感谢你。"她碰了碰我的肩膀——只是手指轻轻地触摸。她说："但愿我没有让你觉得不好意思。"我说，没事儿。然后拉了拉帽子，走下后门那一溜台阶，向放机器的棚屋走去，站在阴凉下卷了一支烟。我一边抽烟，一边看着围场里吃草的马。想到艾瑞和埃斯米，很为自己在警察家这种微妙的处境而惊讶。我相信，那是父亲去世、过去的生活方式结束之后，我最快乐的一天。

二

　　由于本生性敏感易怒、丹尼尔处理问题机械死板，所以在本·托宾惹麻烦之后，我一直担心，丹尼尔和他家很难再回到过去的平静安宁之中了。丹尼尔在和干草山人打交道的时候缺乏幽默感真是一件憾事。他看问题的角度、处世的方法和我们完全不一样。如果同样的问题出现在乔治·威尔逊面前，他会在牵扯其中之前，先来个"冷处理"。有些事情不言自明，我们很快就能看到问题可笑的一面。但是现在的情况不是这样。

最初听说这件事情的时候，我们正在吃早饭。罗西·葛娜帕来到警察家厨房门口告状。她说，本一直殴打和他一起住在煤河的那个姑娘。煤河那幢房子是我帮本盖的。罗西是那个姑娘的姨妈，我知道她之所以恨本，是因为本打过她的儿子。罗西·葛娜帕心胸狭窄，是个不报仇决不罢休的女人。她和本一样，不会化解矛盾，不善于了结欠账。丹尼尔不认识本，我也没和他说过我们俩是朋友。罗西来告状的时候正是旱季，我对丹尼尔说，他可以开吉普车去煤河，我给他带路，看着他逮捕本。罪名是对罗西的外甥女实施暴力。她的名字叫迪兹。

本个子不高，但是很壮实，动作比蛇还快。他自己养殖的小型马像他一样，个头不大，但四肢有力，非常健壮。本向我挤了挤眼，规规矩矩跟着新警察就走，好像被逮捕不是什么了不起的大事。那个被认为是受害者的年轻姑娘站在门口。本吻了吻她的面颊，我听见他说他很快就会回来看她。丹尼尔没有问女孩任何问题。我之所以记得很清楚，是因为我当时很惊讶。在我看来，她根本就不像一个挨过打的人。我想，本一定在心里谋划什么。如果路上出了什么麻烦，我和丹尼尔在一起一定是件非常棘手的事情。我和本从小一起长大，如果真的出了事儿，我肯定站在他那边。丹尼尔腰带上挂着手铐，枪套子里装着韦伯利牌左轮手枪。这枪是乔治交接警务站的工作时留给他的。不过我并不认为本之所以顺顺溜溜跟丹尼尔走，是因为这支枪的缘故。我甚至觉得，他看起来疯疯癫癫，是因为很享受被警察抓走的全过程。那天晚上，躺在床上想着早晨发生的事情，我真不知道事态会怎样发展。乔治当警察的时候，本从来没有想到会被逮捕。我想，后来本一定改变了看法。我相信，他会认为被逮捕、进监狱是咎由自取。别人也会认为那是自作自受。对于公平正义，本有自己的看法，而这些看法很少有人与他共鸣。他是一个心肠很硬的人。我相信，那一刻他一定认为在监狱里待一段时间也是生活弥补欠他的那份尊重。我就是这样想的。这就可以解释，为什么他老老实实束手就擒。他完全可以解释，可以抵抗，可以逃到丛林里。只要他不想让丹尼尔发现，他就永远找不到他。我认为，丹尼尔永远都不可能理解本。

　　本在审讯的时候承认自己有罪，被送到汤斯维尔的斯图尔特监狱。我认为他并不在乎给他定什么罪。他之所以认罪伏法就是想看看斯图尔特监狱里面是个什么样子。他和我们大伙儿一样，听过许多关于那座监狱的传说。不管怎么说，到斯图尔特坐监狱，对本来说无异于度假。在干草山，这还是有史以来第一次听说一个白人因为殴打黑人妇女而被捕入狱。但是老齐勒·斯维尔斯说他知道这里以前发生过类似的事情。一个月后，他们放了本。本又回到煤河他那个"家"，和迪兹一起生活，就像什么事情也没有发生。我私下里认为，尽管本去坐监狱的时候老老实实，没有闹事，但他和警察已经结怨，不会善罢甘休。本就是这样处理事情的。我太了解他了。他会伺机而动，一旦觉得形势对自己有利，他就会和丹尼尔·柯林斯算清这笔账。从现在起，丹尼尔·柯林斯应该提防着点儿才对。不过我相信，他认为这个插曲已经过去。我却觉得，一切刚刚开始。

我去看了本几次。他对斯图尔特监狱的事只字不提，也从来没有讲过对丹尼尔报复的计划。我自然也没有问他。我知道，如果本想告诉你什么事，不用问，他也会告诉你。我去看望他的时候，迪兹不在家。不过我明白，这不是他特意安排的。

在干草山一带本从少年到青年时期一直以强壮、坚韧闻名。他和镇子里的小伙子们打交道的机会不多。他喜欢嘲笑他们，总想让他们知道，他们简直弱不禁风。如果他认为有人冒犯了他，不管在别人眼里那事儿多么微不足道，他都会耿耿于怀，非报复不可。可是在山林里他不是这个样子。只是在镇子里，他才这样干。我从来没见过本做事半途而废。加倍努力才是他的习惯。如果他把你打倒在地，你就老老实实在地上趴着，直到他让你起来，你再起来。我这样说，绝对不是信口开河。我们还是少不更事的毛头小伙子的时候，和父亲一起在苍鹭山牧场和长岭洞之间的西部边境干活儿。吃午饭的时候，为了向营地里的牧人们炫耀他的骑术，本骑着马向一条狗冲去。结果狗被马踩断一条腿。我翻身下马，揪住他的马缰绳，郑重其事地告诉他，我们不再是朋友了。他也翻身下马，和我打了一架。我和本这辈子就打过那么一次架，可是这一架似乎确立了什么。后来他对我说，弄断那条狗的腿，他也很难过。我相信他说的是真话。两个人重新修好，关系比以前还密切。本长大之后，他的父亲还经常打他，而且打得非常凶狠，好像他还是个小孩子。结果养成本性格中的两面性，他有温柔善良的一面，也有凶残冷酷的一面。很难预测什么时候表现出善，什么时候表现出恶。

　　我和丹尼尔或者埃斯米都没有说过自己这些想法。但我想，如果告诉他们，他们或许就会离开干草山，回海岸过他们平静安宁的日子。我之所以不说，是因为害怕失去艾瑞的友谊。我和艾瑞透露过一点自己的想法。因为她总是一眼就能看出我是不是心事重重，是不是在想什么？她也总能向我敞开心扉，直截了当地问我的想法。她经常把手放在我的胳膊上，神情严肃地望着我的一双眼睛，说："你能告诉我吗？鲍比。"看着这双眼睛，我不得不告诉她。因为我们彼此信任。

艾瑞不会把我们俩之间发生的事情和说的话都告诉她的母亲和父亲。我想这是另外一件事，真实却不能公开的事情。我们俩可以共同分享，但不会说出去。和他们同在一张餐桌上吃饭，从某种意义上讲使我最终融入这个家庭。我觉得，埃斯米未必意识到这一点。但是，今天永远说不清未来的事，除了谁都知道迟早会有一死，就如父母活着的时候，儿女就知道他们总有撒手人寰的一天。但我不能让自己相信艾瑞有朝一日也会死。教我写字的时候，她手把着我的手，告诉我手指如何握笔。"试试看。"她说，耐心地等着我，看我握笔的姿势是否正确。夜里，躺在床铺上，门敞开着，繁星满天，我想着艾瑞那只握着我的手写字的温暖小手，在内心深处，告诉妈妈我对这个女孩儿的感情。妈妈理解我。我知道她总能理解我。

除了爸爸，本·托宾是我知道的最出色的丛林人。本出生在康威山，是他父亲一手带大的。小时候，我们就在一起，和父辈一起走遍这块蛮荒山野的每一寸土地。我们都是在十岁那年，父亲就让我们辍学回家的。本比我大两岁，但比我老成得多，处处胜我一筹，只有在饲养、训练马匹方面我和他旗鼓相当。我刚到营地的时候，他已经是那儿的"老人"了，对自己干的那些活儿早已烂熟于心。我起初的任务就是做饭。我还从来没有见过一个不会做饭的丛林人。需要的时候我们都能上手干。本·托宾从一开始就干大人的活儿，熟知那块岩石裸露的干旱之地。到十五岁的时候，就已经没有他找不到的清冽甘甜的山泉水了。因此，他虽然有时候让人捉摸不定，牧场主还是愿意雇他干活儿。他能从泉水边为他们找回走失了的牲畜，而别人就办不到。本总是把我当作他的小兄弟。无论发生什么事情都会站在我这边。

　　有一天下午，干草山齐勒酒馆来了一个牧人。他是从鹤翔牧场来的。具体哪一年，我忘了。那时候，除了季节末，在镇子里很少看到牧场来的人。这些家伙大多数是黑人。雨季他们就离开牧场，和家人待在一起。那个人坐在吧台前面喝酒，看到我就问我在这儿干什么？我长了张娃娃脸，看起来很年轻。

和平常一样，正和本一起喝酒精含量超标的朗姆酒。我爸爸和本的爸爸坐在门口的一条长凳上抽烟。需要喝酒的时候，他们就起身走到吧台前面买。那年月我们都是把一叠钱放到吧台上，听凭齐勒把酒钱拿走。我爸爸和本的爸爸只要外面有地方坐，从来不进屋子里面。有一次，我们把一群小公牛从迪赛普森赶到铁路终点站。那时候道森先生是那个地盘儿的主人，主动提出让我们到屋子里住。可是爸爸和本的爸爸情愿打开行囊，睡在外面火堆旁边。他们从来不让我在屋子里做饭，声称屋子里做饭会把味道都破坏了。这话没错儿。但是有条件的话，我还是愿意在屋子里睡。我爸爸抽烟斗，本的爸爸用牧场小卖部通常出售的冠军牌烟丝卷烟抽。

我不觉得那个牧人有什么不友好。他只是想说说话，才问我在这儿干什么。因为他不知道该问什么。也许他把我当成小孩儿。我不知道。他错就错在，问了一个在本看来似乎故意找茬儿的问题。好像他认为我很傻，或者认为我不应该在这儿和大人们一起喝烈性酒。我自个儿其实没怎么生气。这个牧人如果知道本·托宾是何许人也，就不会说这样的话了。因为他明白，他会为此付出代价。那时候，在镇子里，碰到任何一点儿不顺心的事，本都会像汽油桶上落了个火星，立刻爆发。本走到牧人面前，指着我，用一种节奏感挺强的声音嘲笑他，好像在念一首诗，或者唱一支歌。"你是说鲍比·布鲁吗？"说着他一拳把那人打倒在地。本的拳头像铁锤，想还手就是自讨苦吃。他站在那儿像座铁塔，你要是打他，只能把自己的拳头弄得皮开肉绽。牧人躺在地板上，口鼻流血。本对他说："你要是敢起来，我就宰了你！"我知道，他并不是真的想杀那个人，但是听起来一本正经。他让那个人四肢着地爬出酒馆，自个儿站在旁边看着哈哈大笑。本再回来的时候，酒馆里一片寂静，谁也不敢说话。这正是他想要的"艺术效果"。

我们刚长成大小伙子的时候，本似乎总想证明别人和他相比多么不堪一击。谁都得屈从于他，就像他不得不屈从于父亲一样。我想，我是唯一喜欢本·托宾的人。真的。你一旦喜欢上什么人，就会一直喜欢下去。生也好，死也罢。不存在原谅、理解，只是喜欢。那是深入到骨髓的一种情感，就像你对母亲的记忆早已融化在血液中一样。你不能有任何作为，无论好的，还是不好的。爱就是爱。你给他冠以任何名称都可以。爱就像信仰。有爱当然是件好事，但通常总得付出代价。

没有必要问本为什么会做如此野蛮之事。所以我从来不问他。这就像不问他为什么吃早饭，为什么喝茶一样。只是脑子一热，做就做了，不管多么野蛮。在干草山，还没有能奋起反击而不被他打伤的人。他在镇子里，颇有点横行霸道。那是没有直升机来救治病人的时代，一旦下手重了有个闪失，送伤员到城里医院的只有马。那是我们熟悉的地方，那是他真正的家。在丛林里，马背上，他如鱼得水，是一个非常可靠，可以依赖的人。可是如果不了解他的人想试试他有多么厉害，他一定会把这个人拉下马来，狠揍一顿，绝不会让那个被打的人忘记这一次教训。那时候，本心里总有一股怨恨，一团怒火，那是从小父亲揍他造成的。我总担心有一天他会杀人。那时候，在昆士兰杀了人要被处以绞刑。我可不愿意看到本·托宾被绞死。当他把自己置于危险之中的时候，我也许会骂他，但我的心还是为他而跳动。须知，只有这颗心知道最真实的感情。表面上，我们可以装得很平静，但是心灵会把自我和盘托出。

我从来没有听见过本赌咒发誓说脏话。五六岁的时候，他不知道从哪儿学会随随便便就提上帝的名字，父亲听到之后用马鞭柄打他，差点儿把他打死。从那以后，本就无法容忍别人说脏话。在干草山，人们说脏话司空见惯。不过，要是本在旁边，谁也不敢造次，都把那些脏话咽到肚子里，让自己的嘴巴干干净净。我从来没听说过本·托宾动手打女人和马。所以，听说他居然承认自己打过那个姑娘，而且没做任何申辩就老老实实被丹尼尔带走，我十分惊讶。对于这件事情，我有自己的想法，总觉得还有些我不曾知道的原因。我想起这些心里就很烦。看到艾瑞坐在餐桌旁边，手里拿着钢笔，在书本上写写画画，我就直起鸡皮疙瘩。我知道，世界上有善有恶，我们之中无论谁，随时都会被这两样东西找上门来，无需自己站起身去寻找。"你试试，鲍比。"她说，把钢笔交给我。她坐得离我很近，感觉得到她稚气尚存。

三

他们紧挨我的母亲，并排躺在小镇大坝后面的石头墓地，就像那几年活着的时候，躺在营地睡觉一样。白蚁很快就蛀空了我立在那里的木头十字架。我先后立了许多次，可是后来发现，这些十字架只能喂那些可恨的白蚁，免了它们自己费心劳神去找木头的辛苦，只好放弃。他们还躺在那儿，两个老头和我的母亲，像这个世界许多穷人的坟墓一样，没有墓碑。但我知道他们在那儿，只是不知道，白蚁是不是也吃尸骨。

本的父亲去世后，本不再像以前那样定期到灌木林干活儿。他在煤河弄了一块地。丹尼尔·柯林斯就是在那儿逮捕他的。我不知道这块地是他买的，还是他私自占有的。那是一块十分干旱、燧石遍地的荒地，倒是很适合他。冬天，寒风从月光山那边吹来，无遮无挡，冷得彻骨。如我所说，本在那块土地上饲养非常壮实的小马。那种马蹄子很硬，他从来不给它们钉马掌。如果马蹄变软了，他就把它卖掉。时不时会有个女人来和他住上一段时间，但大多数时候，只有他自己和马在这儿待着。他有时候出去抓野公牛，打野马，或者到牧场干点零活儿，有时候也偷别人家还没有打烙印的牲口，然后打上自己的烙印，或者别人家的烙印——前提当然是按头计价。后来他就把罗西的外甥女带来和他一起住。打那以后，他再没有领过别的女人。她的名字实际上叫迪尔德丽，可是大伙儿都管她叫迪兹。她其实比小女孩大不了多少。我压根儿就不相信本会打她。恰恰相反，他对她很温柔。我第一次去看他们的时候，就发现迪兹触发了他直到那时一直深藏心底的东西。那是一种私密的体贴与柔情。这种情感能以最普通的方式保留下来，对他而言难能可贵，但确确实实存在。看到这种存在，我打心眼里高兴。

在牧场，本唯一不愿意干的活儿就是修围栏。在丛林里拉铁丝网，这对他、对我们大家都是一件可恶的事情。被遗弃的铁丝网或被荒草淹没的铁丝网会绊倒马，或者让你从马背上摔下来。我经常帮助他剪断废弃的铁丝网，卷起来挂在树杈上。本在棚屋外面做饭，像他老爸一样，露天煮肉。早些年，我们作为一个"团队"在营地干活儿的时候，我也这样做饭。我到煤河看望本的时候，又闻见那熟悉的味道。牛油滴在在燃烧着的杉木棒子上，发出滋滋滋的响声。对于我，那是唯一一种能让我想起家的味道。我和本还是小男孩儿、小青年的时候，和我们的父亲一起待在灌木林里，相互信任，相互尊重。可是等父亲去世，那样的生活随之消失。

迪兹和本同居之前，我不知道有这么个姑娘。丹尼尔逮捕本的时候见过她一次。她站在门口，傻傻地看着正在发生的事情。我想，他们之所以把本送到斯图尔特，一定是因为"受害者"年纪太小，而且埃斯米坚持丹尼尔要保护干草山妇女的权益，不能让她们被凶残的男人虐待。在这个问题上，埃斯米颇多想法。她的看法对丹尼尔的影响很大。有一次，我听见他管她叫"改革者"。好像她是一匹马，如果备不好鞍子，就会把他摔下来。丹尼尔如果完全按照自己的方式处理警务，他或许会把缰绳再往回收一收，环顾四周，再决定下一步该怎么办。

可惜埃斯米喜欢干预丈夫的工作，不让他按照自己的方式处理问题。她觉得自己是这个"团队"的一部分。她就是这样说的。埃斯米在大多数事情上都有自己的看法，而她又不是一个可以把自己的想法藏在肚子里的人。她对丹尼尔说："你是唯一可以站在这些女人和像本杰明·托宾这样的男人之间的人。"除了埃斯米，我没听说过别人管本叫本杰明。我很想告诉她，她根本就不了解本，也不可能了解本。她只知道他小时候名声不好，却不知道蛮荒之地怎样造就了他。

埃斯米对两个女儿和对丹尼尔完全一样。她喜欢对家人发号施令，谁都得听她的，按她的意思办事。对镇子里的人也是这样。不过等到大伙儿都习惯她那一套，便不怎么听她指手画脚了。她的两个女儿艾瑞和米里亚姆很快就学会逃避妈妈的办法：溜到灌木林里自己玩儿。她一天到晚都逼她们干这干那，反正在她看来那些事都"有用"。埃斯米对我不错，只要看到我在读书写字，就不"横加干涉"。她对家人很严格，她指到哪儿就非要人家打到哪儿。我不知道她这样做是否正确。这话不该由我说。埃斯米和丹尼尔的两个女儿像早春的知更鸟一样漂亮。由于埃斯米总想把自己的意志强加到她们头上，她们开始在这块土地上寻找自己的生活。我发现她们背着妈妈藏着秘密。如果埃斯米信任她们，本来不会出现这种情况。我和妈妈之间从来没有秘密。我们像知道自己的心一样，知道对方的心思。

本和我不再在灌木林里一起干活儿之后，我便开始当警察助手。从那以后，我大部分时间都待在警务站和丹尼尔的家里。警务站和警察的住宅是木头建筑，应该是镇子里最好的房子。别的房子——除了旅馆——都是铁皮和纤维板建造的。天主教堂是用波纹铁皮盖的，卫理公会的教堂一直没有完工，还是刚开始盖的时候灰蒙蒙的框架。从我孩提时代起，那框架就被藤蔓覆盖。我不知道那些卫理公会教徒都怎么了。很可能都离开干草山，或者都死了。

母亲是修女带大的，在修道院接受的教育。她从来就不知道自己的家人是谁。她对我和查理说，修女们就是她的亲人。她喜欢修女，害怕牧师。妈妈和爸爸是在霍尔森家认识的。那时候，妈妈给这家人的孩子当家庭教师，爸爸是个小包工头，给人家干活儿。我因妈妈和爸爸——布鲁伊特先生和布鲁伊特太太——得名鲍比·布鲁。在人们记忆中，爸爸一直就叫布鲁。那个年代，人们似乎怎么叫你都行。大伙儿叫你什么，你就是什么。这就是为什么我得了鲍比·布鲁这个雅号的原因。妈妈特别喜欢这个名字。"我的鲍比·布鲁。"她慈爱地望着我说，仿佛害怕哪天会有一座山倒下来，压在我身上。"我很好，妈妈。我知道我在做什么，我能照顾好自己。"但是她觉得心里仿佛有一种东西在涌动，警告她小儿子会有什么不测。我看见她的目光深邃悠远。她看着我，好像已经意识到未来的道路上，有可怕的事情等着我。就像《圣经》里说的，蛇等着把人变得邪恶。她一直希望我能接受良好的教育，但是不敢反对父亲让我辍学的决定。我呢，也没有给她什么压力，因为我自己也巴不得和男人们一起到营地干活儿。我抱着她，吻她的面颊。她浑身颤抖，一直把我送到山上。

干草山那些波纹铁皮和纤维板搭建的房子因为在寒风中颤抖，钉子渐渐松动。这些房子冬天如同冰窖，夏天好比烤箱，膨胀、收缩，永远在颤动。如果在一幢一点儿都不颤动的房子里睡觉，我反倒睡不踏实。这里的房子绝大多数锈迹斑斑、歪歪扭扭。齐勒·斯维尔斯说，他是在偏远萧瑟的高原，在有毒的金合欢树和苦涩的树皮的包围之下长大的。一片凄凉。齐勒只在干草山生活过。是他家的老人建了这个小旅馆。

本从斯图尔特监狱回来几个月之后，和丹尼尔之间的矛盾终于爆发，虽然起因纯属误会。那时候，我们的生活都已经归于平静，谁也不再去想本的事情。如果我诚实的话，我会说，我甚至开始怀疑，自己认为本会报复丹尼尔是不是判断失误？我对此还是没有把握，不了解他心之所想。他也不和我说自己的想法。

那时候，我们日子过得轻轻松松。午饭后，我一直洗衣服，在储水池下面淋浴。那里浓荫密布，十分凉爽。我喜欢一个人干干净净待在那儿的感觉，喜欢洗衬衣和斜纹棉布外套，让水池里清冽的水从手指间流过，肥皂的味道在鼻翼间缭绕。换好干净的衣服，把刚洗过的东西晾到阳台下面的绳子上，他们便叫我回屋休息一会儿。我和丹尼尔在厨房里喝茶，埃斯米站在洗涤槽前做家务。丹尼尔端着锡杯喝茶。茶水很热。我看见他的嘴唇被杯子边儿烫了一下，嘴里嘟囔了几句。那天发生的事情至今如在眼前。埃斯米一直背对我们，站在洗涤槽前干活儿。丹尼尔吹着茶水，慢慢呷着。我看见他已经听到那个女人向后门慢吞吞走来的脚步声，但没有任何表示。迪普也没有汪汪汪地叫，因为它认识这个女人。那个女人用轻微的声音说了一句什么。我听了脖颈后面毛发倒竖。也许她是说柯林斯先生，但是声音很低，我没有听清。我知道她是谁。那时，好像一片云彩飘过，挡住了太阳。

丹尼尔在椅子里转了一下身，回过头看纱门后面已经开口说话的那个女人。他一定看到她往旁边躲闪时，黄裙子的一角。我坐在他对面，也看见那一幕。我能告诉他来人是谁，可是什么也没说。许多事情，你想知道自然就知道了。不到时候，非要弄个水落石出不会有什么好结果。那个女人站在门旁边，红日西斜，储水池投下的阴影还没有从那里移开。这里既可以避风，又可以遮挡炎炎赤日，迪普在那灰色的泥土中抓挠出一个坑，供自己小憩。丹尼尔在椅子里不停地扭动着，朝门外张望。天低云暗，暴风雨即将来临。灌木林里，树枝摇曳，百草啸吟。我还记得，供应物资的卡车行驶在公路上，爬上山脊，又一头扎进溪谷，轰鸣声时强时弱。费伊·斯塔布斯刚开了一辆运货大卡车，所以这事儿我记得很清楚。那是一辆加拿大产的布里茨牌大卡车，在战争期间颇为流行。这种车带绞盘，是唯一可以在雨季驶过河流交叉口的汽车。你能听见卡车引擎发出艰难的、仿佛要崩溃似的响声。那响声渐渐消失，沉寂好长时间之后，又缓过气儿来，换成低速挡，吞噬着路上的砂砾，向那一溜长坡驶去，仿佛没有什么力量能阻挡它的前进。我在想费伊·斯塔布斯开着车驶向海岸的情景。

像大伙儿说的那样，那是她的快乐时光。胖胖的胳膊放在方向盘上，没有点燃的香烟叼在嘴角，润湿、嚼碎。费伊卡车的轰鸣，让我的脑海里浮现出这块辽阔的土地。极目远眺，丛林茫茫无际，山岭连绵逶迤。那仿佛是一场梦，直到你忘记自己身处何方。只有已经废弃的矿井、贫瘠的灌木林，适合还没有完全驯化、野性尚存的牲畜生长。这就是我的家园，我没有别的归属之地。

丹尼尔对那些在他看来神秘的事物上总是十分警惕。他喜欢和埃斯米一起议论，但是不会和我分享。我不知道他们这样做是什么意思。我们谈论这块土地上的争斗。那是我们拥有的一切，我们的生活。如果他和埃斯米看到过金合欢树丛中头上长角的怪兽，他们就"见怪不怪"了。母牛一辈子都不会有一口多余的食物。它们的骨头散落得到处都是。这里是凄风苦雨之地，生活在这里的人们坚韧严厉，但他们内心深处充满善良，有一点点东西也愿意和别人分享。我们山里人一直就是这样。如果有人遇到麻烦，都会出手相助，把家族之间的仇恨忘到脑后。哪怕帮完人家之后，重拾旧怨。

丹尼尔不再看窗外的满天乌云，转身回到餐桌边，从盘子里拿起最后半块烤面包片，咬了一口，看了看指甲缝里的黑泥。好像他一天到晚都闲来无事，没有人也没有事要他关注。鱼罐头里的盐一定蜇了一下他刚才被开水烫疼了的嘴唇。那是盐水金枪鱼，我们常吃这种罐头。不过，到警务站上班之前，我从来没有吃过这玩意儿。我并不介意吃罐头。埃斯米在唱歌，唱的是什么我已经忘了。她一边唱，一边在一块木板上捣着什么。我知道要发生什么事情了。我相信她对此也心如明镜。她唱歌就是为了掩盖她的感情。本有一种结清恩怨的需要。最初的怨恨是孩提时代父亲在他心底种下的。日后的岁月又夸大了老爹对他的伤害，直到迪兹走进他的生活，爱他，那伤口才开始愈合。我为他的这种愈合而祈祷。他是我的朋友。

我能够感觉到那个女人蹲在蓄水池旁边等丹尼尔。她的呢喃和埃斯米的歌唱似乎找到了同样的旋律。两个女人仿佛想让她们的声音变得和谐，共同谱写一曲圣歌，哀悼她们的生命。这歌声让我想起母亲用她那悦耳的声音唱她的圣歌。她仿佛看见了来生。我最喜欢《奇异恩典》，常常求妈妈坐在火炉旁边唱这首歌。有一段时间本在我们家吃饭。我看见他听妈妈唱这首歌的时候，泪水从眼角流下。本吹着他那个旧口琴给妈妈伴奏。妈妈微笑着听他的吹奏和她的歌声那么和谐。母亲很喜欢本。第二天早晨，我们一起骑着马到营地的时候，金合欢树丛中还雾气迷蒙。"我不知道你妈妈唱歌那么好，鲍比。"我知道，本不是个凶残的人。我为他担心，不知道等待他的将是什么？如果你听到他用那支旧口琴为妈妈伴奏，你就会知道，他内心深处也纯真美好。我相信，本自己也痛恨命运强加于他身上的那种残酷。

丹尼尔喝了一大口茶。他往后靠了靠，椅子吱吱嘎嘎地响着。埃斯米转过脸，看着他。"你要出去看看她吗？"她问他，似乎已经等得不耐烦了，希望他赶快做点儿什么。丹尼尔坐在那儿，用赞赏的目光看着妻子。那一刻，我似乎连气也喘不过来，但是迫不及待地想看看从海岸来的这些"陌生人"会如何处理这件事情。埃斯米眉清目秀，深棕色的头发梳得又光又亮，围裙遮挡不住她苗条的身材。丹尼尔知道她心灵手巧，承认她比自己强。这一点你一眼就看得出来。埃斯米是个意志坚定的女人。她不像干草山的女人那样瘦骨嶙峋，干干巴巴。她们压根儿就没有，或者已经失去窈窕淑女的风韵和气质。我从来没有见过她抽烟，她也不喝酒。丹尼尔面带微笑，看妻子系着蓝白格围裙，用手背把头发撩到脑后，督促他去履行警察的职责。"我得先把茶喝了，你弄得这么烫，我都没法儿喝。"他说。埃斯米又回转身干自己的活儿去了。"那天是谁抱怨茶不够热呢？"她说。我看得出，他们俩是一对恩爱夫妻。我虽然是局外人，但是作为一个自己没有家的小伙子，深深地感受到她的慷慨和关心。她是一位母亲，言谈举止都让人感觉到慈母的爱。她也希望别人都能感受到家的温暖。那时候，我依然相信她是我的朋友。

丹尼尔喝完最后一口茶，站起身来。我也站了起来。埃斯米没有回头看我们。滚烫的茶一定在丹尼尔的肠胃里也起了作用，我看见他做了个鬼脸。他从门边的挂钩上取下警察局新发的宽边软帽，用袖子掸了掸，戴到头上，走了出去。我紧紧跟上。我的帽子一直戴在头上。我对埃斯米说，谢谢你的茶点，砰的一声关上纱门。埃斯米回答的话和门的响动都留在身后。"那是我的荣幸，鲍比。"她说。纱门碰到木头门楣上吱吱嘎嘎地响着。看来这扇门需要修理了。

罗西·葛娜帕盘腿坐在储水池旁边阴凉的灰色泥土上。蚁蛉幼虫在那里布下陷阱。罗西把黄裙子撩起来，叠在膝盖上，前后摇晃着身子，用一根树枝在泥土上画只有她能看懂的图案。我走过去，在储水池旁边蹲下，丹尼尔在她身边蹲下。罗西的眼泪顺着黝黑的面颊流下，眼眶里溢满哀伤。迪普在屋檐下看着这一幕，下巴放在两只前爪子上，一双天真的眼睛不无关切。这条狗心太软，不会去猎杀什么。它黑尾巴上的白尖儿在泥地上摇摆着，就像费伊·斯塔布斯那辆布里茨牌大卡车挡风玻璃上已经启动的雨刷。我卷了一支烟，观望着。我没有点燃这支烟，只是出于对罗西可能说什么的尊重，才卷这支烟的。

罗西看着丹尼尔，她那神情好像认为他应该为自己的所作所为羞愧一样。她说："他们都不见了，柯林斯先生。千真万确。他们不在那儿了。你又让那种事发生在她身上了。那个男人把我的迪兹杀死了。"她坐在那儿看着丹尼尔，好像她认为是他亲手杀死那孩子的。他看着她。我看出罗西说的话，丹尼尔连一半也没听懂。但是她要传达的信息他都明白了。特别是对他的不信任。这一点他看得一清二楚。丹尼尔吃力地听罗西含混不清的絮叨。她低着头，斜着眼睛瞅他，一边说话，一边用树枝在泥地上乱画。好像她不是对丹尼尔说话，而是对不在场的别人说话。那些人可以见证眼前的一切。她实际上是给他们讲自己的故事，知道他们会倾听，会理解，会点头表示同情。那些人，我和丹尼尔都看不见。我完全明白罗西这番话的意思，不用多想，甚至连脑子都不用动就知道她想说什么。她说的话总是含混不清，恐怕她自个儿都听不清，但她想表达的意思再清楚不过了。妈妈经常这样说："再清楚不过了。"我仿佛又听见她对我这样说。

罗西说："他嘲笑你，柯林斯先生。"我看出，这句话丹尼尔听懂了。我相信，他以前在齐勒·斯维尔斯小酒馆的吧台上就听过这句话，而且信以为真，尽管完全可能是人们造谣生事。"你把他送进监狱，他们放他出来。他把那个姑娘杀了。我去过那儿，人都跑了。"罗西脑袋耷拉在胸前，大声嚎哭起来，那根树枝深深扎到双膝之间蚁蛉幼虫栖息的泥土之中。她一直在那儿勾画神秘的图案。

我看了看手里那支没有点燃的香烟，又抬起头看了看天空。乌云深处有一抹绿色。乌云挡住了太阳。斯旺家的灯亮了。他们家的发电机发出突突突的响声。斯旺家有钱，不愿意用输电干线传输来的电。我侧耳静听，听不见那两个女孩儿的动静，估计还没有回家。厨房里静悄悄的，埃斯米不唱歌了，我寻思她一定站在纱门旁边听罗西在说什么。这时候，她们应该放学回家了。乌云向煤河那边的丹尼森山奔涌而去。那边是另外一番天地，大树参天，泉水淙淙。空气里弥漫着雨的味道。微风习习，灯光落在我洗得很干净的警服衬衫上。

我忘了继续等待，点燃香烟吸了一口。脊梁骨一阵震颤，仿佛有一只蜘蛛爬过，不由地挪动了一下脚。迪普抬起头看着我，尾巴不再摇晃，汪汪汪地叫了几声，似乎认为我要干什么可怕的事情。它是埃斯米的狗。那时候，只听她的话。我觉得它百无一用，只会蹲在这幢房子里，眼巴巴地看埃斯米和两个女孩儿。但是很快我就发现其实并非如此。如果丹尼尔允许，埃斯米会让它进屋。丹尼尔似乎只有在这个问题上，坚持自己的立场。有一天，我听到他用很平静的口气和埃斯米争辩说，干草山还没有一家人让狗进屋，柯林斯家不能带这个头，我们必须尊重当地的风俗习惯。可是埃斯米坚持夜里不给迪普戴锁链。这样做会给我们带来很大的麻烦。我想，如果埃斯米认为自己做得对，她就会让干草山所有的人都照着她的路子来。后门台阶是迪普的栖息之地，但是这条狗从来都没有放弃打动埃斯米内心深处最柔软那部分的决心，总想跟她进屋。

丹尼尔第一次把本带到警务站的时候，迪普一直待在那儿，直到本被押解到海岸。狗知道出了什么事儿。我不知道我挪动双脚的时候，迪普从我身上看到了什么。但是它确实看到了我不曾看到的东西，而且对此表示反对。正如马能看到骑者看不到的东西。我能注意到动物的提示。有时候，它们能救我们的命。

罗西又嚎哭了几声，好像受了伤。埃斯米从屋子里走出来，弯下腰，手伸到这个老黑女人腋窝下面，把她扶起来，就像安慰一个受了委屈的孩子，轻轻摇晃着她。尽管罗西五大三粗，比她还重。不过埃斯米胳膊很有劲，也年轻。我和丹尼尔站起来，看着她们俩。埃斯米从罗西的肩膀上望过去，看着丹尼尔，好像认为丈夫玷污了他们家的好名声。丹尼尔仿佛被人扇了个耳光，左右为难，不知如何是好。我从来没有见过丹尼尔发脾气，或者激动得无法自持。他喜欢四平八稳，总是和别人摆事实、讲道理，解释自己为什么那样做。在我看来，需要做出艰难选择的时候，这不是最好的办法。但这就是丹尼尔的处世之道，谁都改变不了他。他选择当警察，带着家眷来山区冒险，在我看来实在不妥，尽管这个职业对某些人也许合适。在部队，他是个下士，服从命令就是了。现在却事事都得自己做决定。情况发生了很大的变化。我想，丹尼尔对埃斯米的期望太高，总想让她替他拿主意。然而，她不是警察，他才是。我纳闷，她有没有给过他充分的自由，让他独立自主地处理公务。然而，这只是我自己的想法，无法改变这种局面最终在我们身上导致的悲剧。

埃斯米想让罗西进屋坐一会儿，罗西不肯。她从埃斯米的怀抱中挣脱，拂袖而去。我们三个人站在那儿，看她从后院的花坛、草丛和淡紫色的蓟花中走过，一双光脚扬起团团黄尘，好像提醒我们错过了那场暴风雨。从一棵死柠檬树旁边走过时，罗西顺手折下一根树枝。埃斯米一直让丹尼尔把那棵树连根挖出来。她从旁门走出去，连门也没关，嘴里嘟囔了几句什么，我没有听见。估计，一定是一个黑女人对埃斯米家的诅咒，对我们大家的诅咒。诅咒我们。我连忙走过去把门关上，免得尤尔家的山羊进来吃掉埃斯米已经所剩无几的白菜。那几头山羊正朝这边走来，等待时机闯进花园。一头小山羊咩咩地叫着找妈妈吃奶。妈妈嫌麻烦，踢了它两"脚"。用不了多久，尤尔和他的妻子以及他们的孩子就要把这个小家伙烤了，美餐一顿。如果风向对，我们在警察家就能闻到烤全羊的香味儿。关好门回来，我看见埃斯米不失时机地对丹尼尔讲出她的想法。

有一天晚上，丹尼尔给我读他那本地质学的书。书上说，山区灰色的泥土都是古老的大山被时光磨蚀后留下的。其实，我看到罗西拖着一双光脚从灰色泥土中走过时就想到了这一点。罗西自己就是那灰色的泥土。和他们打交道要小心谨慎。

我对她总是尊重有加，就像父亲对她那样。那些土著老人知道我们白人永远都不会知道的东西。他们自己就是大山被时光研磨下来的泥土。他们的知识是灵魂的精髓，永远不可能为我们拥有。对于那些老人，我们就像逆风吹来的胚芽。爸爸让我懂得了这一切。

我和丹尼尔来到院子里。我把马拉过来，查看马蹄铁怎么样了。我们没有谈罗西和她的来访，我也没有问丹尼尔，他想拿本怎么办。我想最好还是让他自己做决定。如果需要我的建议，他可以问我。看完马之后，我给吉普车的油箱加满油，然后我们一起到警务站，取出枪，准备到灌木林练习射击。丹尼尔用的是乔治·威尔逊留下的那支韦伯利牌左轮手枪。我用的是口径 .303 的步枪。我们没有带乔治·威尔逊那支被扔在厨房里的霰弹猎枪。那是一支老枪，右边的撞针有毛病，打不出子弹。当年乔治如果看到有蛇爬到厨房门口，就用左边的枪管打跑它。至于它们会不会跑到储水池下面，他不管。那一片阴凉之下，总有许多青蛙。

我和丹尼尔举枪瞄准。我用那支韦伯利朝一溜空金枪鱼罐头盒打了几枪。我知道，用左轮手枪很难打准。以前我经常用本那支旧柯尔特自动手枪试着打枪。那支枪是本从一个美国兵手里买的。和许多战后滞留在澳大利亚的美国佬一样，那个家伙混迹于汤斯维尔。本总是把那支枪装在枪套里，用一根生牛皮条拴在马鞍上。他常用这支枪射杀得了重病的公牛。我们在那些老公牛还热乎的时候，开膛破肚，把马钱子粉放到肉里，喂野狗。我用 .303 得心应手。因为以前牧场没多少活儿干的时候，我就用父亲那支步枪打野马和野狗，一直玩了好几年。我用那支步枪赚了不少钱。那时候，花一镑就能买一支枪。战后，军用物资到处都是，而且很便宜。有我们自己国家生产的东西，也有美国货。谁手头都有点部队里的玩意儿。猎杀野狗的奖金是每条狗一镑一先令。野马尾巴和马鬃一磅可以卖到三先令六便士。诺曼·巴里就靠手里的枪过上了好日子。诺曼一辈子都干这活儿。我们一年也就见他一两次。剩下的时间他都带着他的驮马、钢枪在悬崖峭壁间穿行。我不知道他吃什么，反正他来齐勒的酒馆只喝朗姆酒，直到把带来的钱都花光。他很少跟人说话。诺曼·巴里似乎只和本的父亲有点共同语言。他和本的父亲是发小。连绵逶迤的大山是他们唯一熟知的地方。就我所知，他们两一辈子也没有到过城里。

　　我看见艾瑞朝我和丹尼尔射击的地方走来。我说："艾瑞来了。"丹尼尔吃了一惊，好像我吓着了他似的。他向四周瞥了一眼，看见女儿正朝我们走来。自从罗西来访，丹尼尔心里一直很不安宁。他问艾瑞是不是家里出什么事了？她说，什么事也没有。她只是想试试如何打枪。丹尼尔说："学学打枪对你也没什么坏处呀。"他边说，边教她如何握枪。她朝罐头盒打了一枪，没有打中。硝烟弥漫，她被手枪的后坐力震得往后缩了一下。爸爸没有告诉她，她也没有思想准备。打那以后，她再也不想碰枪。她用我不怎么喜欢的那种眼神看了我一眼，回转身揉着眼睛回家去了。我在一百码开外的一株昆士兰瓶树[1]上挂了一个罐头盒，用那支 .303 打了三枪，全都打在靶子中心。没有必要再做什么调整。我举起"韦伯利"，又打准两个罐头盒。用那支手枪射击，六发两中，对我而言，成绩不错。我们在办公室把枪擦干净。回家时，埃斯米已经准备好饭菜。

埃斯米把丹尼尔的盘子放到他脸前，说："你准备打谁呢？丹尼尔。"每逢对丈夫的所作所为不满意时，她就管他叫丹尼尔。艾瑞说："爸爸连一个盒子也没打中，妈妈。"丹尼尔听了女儿的话，什么也没说，看了艾瑞一眼哈哈大笑起来。她

---

1 昆士兰瓶树：属梧桐科，树干呈瓶状，故得此名。该属为澳洲特有，共约三十余种植物。

朝他顽皮地咧嘴一笑，我看到她目光中混杂着对父亲的爱和生怕他让自己失望的担心。我意识到，她希望父亲是个英雄。我知道，丹尼尔在新几内亚和日本人打仗的时候是个英雄。我告诉自己，有机会的时候，一定告诉艾瑞。但是我总是忘了这事儿，始终没能告诉她。丹尼尔不是那种爱吹牛的人，孩子们很容易认为父亲没什么了不起。关于射击的事儿他们就此打住，没有再提。我问丹尼尔，他在海岸警察局接受入职训练时有没有如何使用手枪的内容。他给我讲过在新几内亚的故事，不过只限于他如何当下士。我看到他使用 .303 步枪很熟练，打瓶树上的靶子时相当准确，所以他也许只是个普通步兵战士，以前就用这种步枪。在我看来，情况就是这样。不过也没有绝对的把握。他从来没有给我讲过他在部队的详细情况。还是埃斯米告诉我，他当警察之前在部队里当兵。她为自己的丈夫曾经在丛林里浴血奋战而骄傲。有一次，她不无悲凉地说："英雄总是容易害羞的人，这是真的吗？鲍比。"我不知道是真是假，什么也没说。但我看到她一双眼睛里充满对丈夫的深情。我不认为她想听到我做出肯定还是否定的回答。她只是需要有人倾听她对丈夫的爱。

　　我们坐在那儿吃腌牛肉和土豆。热气从粉红色的肉上升起。我和父亲一样，特别喜欢吃腌牛肉上热乎乎的肥油。肉片越厚越好，肥油上面的小泡泡嘶嘶作响此起彼伏。可是丹尼尔和他的家人都把肥肉切掉，放到盘子边上。艾瑞看见我那么爱吃肥肉，也夹起一块尝了尝，可是她一点儿也不喜欢。迪普的鼻子放在门槛上，隔一会儿就呜咽几声，盼望他们把肥肉扔给它。依我之见，这个家里，这条狗吃得最好。埃斯米把花园里种的豆角和胡萝卜放到冷藏柜里保鲜。现在放在盘子里，翠绿和金黄相间，煞是好看。不过，因为放了一段时间，有股霉味儿。埃斯米自己做面包。她做的面包是我吃过的最好的面包，当然除了母亲做的面包之外。

米里亚姆说："乔恩·斯旺平白无故就打我。"埃斯米问："你哭了吗？""我像爸爸说的那样，还手了。"小姑娘说。"你不应该打人。"埃斯米说。丹尼尔伸出胳膊搂住女儿的肩膀。"乔恩·斯旺不会再打你了，宝贝儿。""欺负小孩子的人是不会让你还手的。"艾瑞说。"米里亚姆撒谎呢，爸爸。乔恩·斯旺不是那种人。他从来不打人。"艾瑞俯身搂着小妹妹。"我说的对吗？米里亚姆。""他就是打我了，"米里亚姆说，"艾瑞不系什么都知道。""他没打你。"艾瑞很平静地说。她说话时和爸爸一样，摆事实讲道理，所以我们都相信她，不相信米里亚姆。艾瑞"不是什么都知道。"埃斯米说，纠正米里亚姆刚才说这句话时犯的一个语法错误[1]。我已经听出这个错误，和艾瑞会意地对视了一眼。米里亚姆哭了起来。"好了，好了，吃饭吧，你们俩。"埃斯米说。"我吃着呢！"米里亚姆一边哭一边大声嚷嚷。她就像一只小鸟，随时准备展翅飞翔。埃斯米伸出手摸了摸小姑娘的脸蛋儿，好像看她有没有发烧。我不由得想起妈妈抚摸我脸蛋儿时的情形，她安慰的话常常也是警告。"我们都钉在十字架上呢！鲍比·布鲁。"我看到米里亚姆和别的孩子一样，摆出一副整个世界都对她不公平的样子。她也是"钉在十字架上呢"。丹尼尔用埃斯米做的一片软软的白面包片擦了擦盘子上的肉汤，大嚼大咬起来，然后拿起水杯，用茶水把嚼过的面包顺下。"还有呢。"埃斯米说，看了他一眼。她等他说话，可是丹尼尔什么也没有说，埃斯米便站起来收拾桌子，告诉两个女孩儿洗一洗，上床睡觉。艾瑞走到米里亚姆身边，把胳膊放在妹妹肩膀上搂着她向蓄水池走去。洗漱用品都放在那儿。我听见米里亚姆说："他真的打我了。"不过现在说

1　这段话的原文是：Irie don't know everything. 米里亚姆没有按单数第三人称来变化这个动词。妈妈埃斯米纠正了她的语法错误：Doesn't know everything, Esme said, correcting Miriam's way of speaking.

这些已经没用了。

孩子们上床睡觉了。丹尼森山高高的山脊后面一道闪电闪着蓝光。温暖的夏夜，后门敞开着。远处传来滚滚雷声，就像我小时候听到的运送矿石的火车发出的隆隆声。埃斯米说："你打算做什么呢？丹。"现在管他叫丹了。丹尼尔在椅子里扭动了一下身子，看着划过夜空的闪电，膝盖上放着一本打开的书。我和爸爸、本、本的父亲骑着马在丹尼森山的悬崖峭壁之间穿行过许多次。那里有野牛。它们一辈子也没见过人。我们走过去的时候，这些家伙一点儿也不害怕。只是盲目相信自己浑身的力气，好像它们是神。如果是老牛，本的父亲就用他那支柯尔特自动手枪朝它两只眼睛之间射击。它们中弹之后摇晃着头，万分惊讶地看着本的父亲，然后双膝跪下，挨了第二枪。我很可怜这些牛。心想它们从娘胎里落地，一辈子就生活在这里，连一个人也没有见过。终于见到人，却被杀死。本的父亲说，杀死老牛是对它们的仁慈。可我不这样看。

我和丹尼尔看着窗外的闪电。他没有马上回答埃斯米的问题。我想起妈妈的耐心。她总是默默地等待，直到那答案自个儿出现在眼前。"别问。需要你知道的时候就知道了。"她说。

她总是这样理解和处理问题。我母亲因为有信仰，颇有先见之明。这正是丹尼尔和埃斯米想知道的我们山里人的秘密。不过没有人愿意告诉他们这些事情。因为我们山里人，不管是否有宗教信仰，这都是隐私。我们相互之间从来不谈论这些事情，只能心领神会。从海岸来的人不会知道。像柯林斯这样的人，只知道城市和海岸。他们看待事物的方式和我们不同。柯林斯想知道他们根本没有必要知道的事情。他们总想从别人的秘密中汲取快乐，不值得敬重。他们不是坏人，只是无知。母亲说，对于无知者我们应该怜悯，而不是轻视。

母亲很喜欢那些照顾她长大的修女。"她们是我的亲人。"她对我说。想起她们，妈妈的目光缥缥缈缈，念叨着她们的名字，往事历历在目。她管她们叫"姊妹"。她坐在火炉旁边织毛衣。阴雨绵绵，外面不能干活儿，我和爸爸都待在家里。她对我说，永远都不会忘记和修女们待在一起的第一个夜晚。我想爸爸以前一定听过这个故事，但是并不介意再听一遍。他看着妈妈一双眼睛，用心听着。她一定认为我已经长大，应该听听她的经历，并且记在心中。母亲是孤儿。"和任何人一样，"她说，"我一定有父母。但是我对他们一无所知，也不知道我是否有兄弟姐妹。我总觉得他们都死了。"她说，"我去那儿的第一个夜晚，女修道院院长和几个修女站在前面的讲台上。大家都集中在那儿，听她讲话。"妈妈和别的小孩儿一起站在大厅里。突然腿一软，倒在地上。大伙儿都回过头看她。她的两条腿一点儿力气也没有，宛如一只被枪打伤的猫，趴在地上，站不起来。大家都凝望着她，离她最近的几个孩子都往后退了几步，给她让出点地方，是因为害怕。院长看到我母亲倒地之后，停下讲话，从讲台上下来，走到大厅中间，弯腰从地上抱起我母亲，一直把她抱到楼上她的房间。

院长把我母亲放到她的床上，给她盖好被子，俯身亲吻妈妈的额头。"我一直没有忘记她吻我时的感觉。"妈妈对我说。她一边说，一边看着熊熊炉火，忘了手指间的毛衣针。我仿佛看到她在女修道院院长的床上度过的第一个夜晚。院长对她说："不要怕，我的孩子，我们一定会好好照顾你。和我们在一起，你一定会变得健康、强壮。"事实证明确实如此。这是一个真实的故事。妈妈的腿渐渐有劲了。打那以后，修女们对她越发照顾有加。她的恢复让大家看到信奉救世主——耶稣基督的作用。她们给她开了一些特殊的课程：弹钢琴、学法语。就这样，妈妈后来成了那个牧场的家庭教师。爸爸在那儿剪羊毛。他们在那儿相遇，相爱。

这个故事一定让爸爸想起在牧场和妈妈第一次见面的情形。刚才，我忘了那个牧场的名字。妈妈讲完那个故事之后，爸爸从椅子上站起身来，把炉火烧旺，弯下腰亲了亲妈妈的脸颊。妈妈喜欢唱歌，主要唱圣歌，但也不完全是。她的声音直到离开这个世界的时候依然悦耳动听。她去世时年纪不大。我不知道她是得什么病死的。一切来得太突然，事先没有任何预兆。她撒手人寰的时候，我和父亲正在外地干活儿——给人家剪羊毛、打烙印。

"听见我说话了吗？丹尼尔，"埃斯米说，"我和你说话呢。"丹尼尔抬起头，看了她一眼，说："我眼下还不知道该拿本·托宾怎么办。容我再想一想。"他从桌子上拿起空杯子，朝里面看了看，然后转过来，看杯子上的树叶图案。埃斯米说："要是那个女孩儿死了呢？丹尼尔·柯林斯。"好像那是对他的警告。他抬起头看着她，目光闪烁，好像受到伤害。"别这样说，埃斯米。我明天上午就去看看到底怎么回事儿。现在还不知道发生了什么事情。我们听到的只是罗西的一面之词。"他看了我一眼，问我是怎么想的。我看出，他实际上不是问我怎么想，而是问我他应该怎么办。我说，本如果不想让人家找到，肯定能在灌木林里找到藏身之地。我只说了这么多，站起身和他们道了晚安，就回小屋睡觉去了。我担心，如果埃斯米一意孤行，非得让丹尼尔按照她的想法干，我们会惹上麻烦。

我不想再听他们谈话。和大多数人，或者和所有人一样，本是多元性格的混合体。对于他我不能说完全了解。这一点毫无疑问。我希望不要错误判断他。和以前相比，我们都发生了很大的变化。从男孩长成年轻人，我发生了变化，他也发生了变化。随着时光流逝，我们想通一些以前从未想通的道理，做了一些以前从未做过的事情。这是我不喜欢听到埃斯米和丹尼尔评价本的一个原因。本不是那种做事三思而后行的人。迪兹"软化"了他。也许这次他会继续"软化"下去。如果真的这样做了，那可是他人生的"第一次"。倘若那样，会是个什么结果呢？到今天为止，我也找不到答案。如果此刻我能问本，我相信他一定会朝我挤挤眼睛，径直吹他那把旧口琴。这会是他给我的回答。埃斯米和丹尼尔想一下子就把事情弄得一清二楚。但是，本不是那种一下子就能被你弄得一清二楚的人。

我往自己的住处走时，看见艾瑞和米里亚姆从一条小路溜了过去。这条小路旁边是鸡舍。她俩管鸡舍叫鸡场。月光留下她们的身影。我脱了衣服，在小床上躺下。艾瑞出现在我的脑海之中。我一边想她，一边抽烟。听到妈妈死讯的那天，我和爸爸一起站在院子里。那时候，我就想到，总有一天，我也会死。妈妈去世前，我从来没有想过死亡等待着我，总以为自己会永远活下去。我也为这两个孩子担心。我无法想象艾瑞会死，只是担心，就好像她是我的孩子。那时候，她大约十二岁，一个真正的少女，严肃认真，充满感情。我珍视我们之间的友谊，不知道该如何表达心里这种感受。

四

　　下了好几天雨，杂草丛生，看不清吉普车前面的路。丹尼尔在金合欢树和刺人的灌木丛中绕来绕去，一次又一次地说忘了上次走过的路。他声音不高，唠唠叨叨，像是自言自语。吉普车一路颠簸，发出吱吱嘎嘎的响声。不过我从他脸上的表情就能猜出他在说什么。他俯身在方向盘上，东张西望，好像希望在灌木林里找到一块路标，上面写着"通往煤河"。丛林里当然没有路标，只有树木。如果你熟知丛林，只是寻找"路标"，希望看到"路标"，那么"路标"到处都是。我对他说，我认识这条路。路就在眼前，我可以给他指正确的方向。可他依然很紧张，听到一点儿响动都会激动不已，不知道该怎么办。我看到我们右面五十码开外有费伊·斯塔布斯那辆邮车上次驶过留下的车辙。车辙里积满雨水，就像一条长长的湖水映照着惨白的天空。但是我没有指给他看。

其实到煤河的路不止一条，重要的是你出门那天要选对路。万一偏离了所谓"人工路"，也不要紧。只要大方向正确，不一定非得走那条路不可。我不知道丹尼尔那天在灌木林里看到了什么，但我明白，他脑子里稀里糊涂，对自己走的路方向是否正确心里没数。在我看来，此刻因为埃斯米非要让他按照她的思路去履行警察的职责，他很恼火。他一定在内心深处和自己争论来争论去，就像一根旧绳子在什么东西上磨来磨去。如果突然之间增加一点力量，咔嚓一声绳子就会断开。我真希望他能对她说，干草山的警察是他，不是她。并且就此达成共识。我从来没有听到过妈妈对爸爸的工作说三道四，也没有看到过爸爸对妈妈正干的活儿指手画脚。总告诉别人应该这样做，不应该那样做，不会有什么好结果，只能惹人生气。齐勒的太太死以前，我就认识到这一点了。齐勒为妻子的离世而悲伤，不过悲伤归悲伤，他还是有一种男人的无拘无束、如释重负的感觉，尽管他羞于承认这一点。那种成天被女人唠叨的日子谁也不会怀念。没有人再一天到晚盯着你说长道短，还是一件让人高兴的事情。

如果那天丹尼尔让我开车，用不着太费脑筋考虑走哪条路，如何走，我就能顺利到达煤河，或者别的地方。可是那天早晨，开车没法儿去煤河。暴风雨刚过，河水涨得很高。我知道这一点。可是他没有问我。在警务站的吉普车里，我坐在丹尼尔旁边闷闷不乐。心里清楚，我们应该骑马去。和爸爸、本、本的父亲一起干活儿的时候，从来不会有这样的麻烦。我们谁都不会告诉别人应该这样做，不应该那样做。我不介意给老板干活儿，只是不喜欢丹尼尔工作时一半儿按自己的意见，一半儿听老婆的指使。他对自己干的事情从来都没有个准主意，出了问题又怪妻子出的主意不对。虽然他不公开说出来，但心里就是那样想的。坐在他身边，我觉得自己像个哑巴、傻瓜。我真不喜欢这种感觉，心里很不自在。我不清楚为什么要到本住的地方。我习惯于对自己要做的事情了如指掌。

那天早晨，灌木林里树影婆娑，有点诡异。一夜滂沱大雨，等到天亮，风不知道该朝哪个方向刮。云朵奇形怪状，有的宛如倒扣的大钟，有的酷似弯曲的长弓，似乎有一股巨大的力量从地面升腾而起，把它们固定在天空，动弹不得。那是暴风雨在万里苍穹留下的一片废墟，就如人在激烈争论之后，留下来了结相互间的恩怨。一群群乌鸦呱呱叫着俯冲下来，落在红松高高的树顶。有的人管这种树叫皂皮树。乌鸦在树上聒噪，因为我们打搅了，它们又激动又愤怒。也因为它们自己的原因而难过。那原因究竟是什么不得而知。但是我知道，主宰这个"鸟之王国"的就是这些白眼儿乌鸦。它们知道好多我们不知道的东西。它们是丛林给你设立的"路标"。但是丹尼尔看不出"路标"就在这儿，而是忙不迭地寻找压根儿就没有的"路标"。也许就像艾瑞手把手教我读书写字之前，我对字母表"视而不见"一样，丹尼尔对我从小就熟知的"路标"也"置若罔闻"。现在，他在丛林里两眼一抹黑，肯定有一种挫败感。虽然还不能说恼羞成怒，但也只有一步之遥了。在我们这个地方，他是陌生人。知道自己随时会犯错误，他心里很不舒服。也许只有比丹尼尔·柯林斯心胸更广阔的人，才能开口求人，或者承认自己心中没底。我就是这样想的。可是他什么也不问，只是"一意孤行"，好像对什么都了如指掌。而我本来可以告诉他丛林里的"风土人情"，就如艾瑞告诉我该如何听说读写一样。只不过，我快快乐乐地向艾瑞学习，丹尼尔却做不到"不耻下问"。我觉得，在他看来，我没有什么可以教给他的东西。他只能跟我打听打听镇子里的家长里短、流言蜚语。而我对这些东西压根儿就不感兴趣，知之甚少。

夜里我做梦，看见罗西那张知识地图，看见她有意和我对着干，吓得出了一身汗。早晨，我出去淋浴的时候，她昨天在地上画的那些图案已经不见了。蚁蛉幼虫一夜之间又筑起一个个圆锥形小土丘。这些小昆虫永远不会放弃。像埃斯米和丹尼尔这样来自海岸的人不相信这里的老人有他们自己绘制、研究"知识地图"的方法。他们认为只有字母表才能派上用场。这是他们骄傲的表现。可是土著老人确实有他们自己书写的方式，只是对白人一直秘而不宣。我看不懂那些玩意儿，但是我知道他们有这样的图画。

我们在距离干草山十英里的地方离开公路，晨雾还没有消散，我看见蜜豆丛中有一只黄色的知更鸟。这只当地的小鸟落在对许多人而言很陌生的树木的枝头。我们开着吉普车驶过的时候，它没有飞走，而是继续栖息在枝头。我想了想，对于我，这是又一个"路标"。蚁蛉幼虫和罗西的族人都是大山的亲戚。他们之间有着千丝万缕的联系。他们坚守的美丽让丹尼尔敬畏。他渴望和那奥秘建立一种联系，这会让他对自己增加几分信心。我看到他已经对这里的山山水水产生一种爱，但又怀疑自己在这山水之间的存在。对于这块土地、这片丛林，丹尼尔恐怕到死也是个陌生人。他不是被这块土地造就的，而是被它迷惑了的。就像一个故事迷惑了一个小孩。妈妈熄了灯，上床睡觉之后，他还无法入睡，只是想着那个故事，仿佛置身于那个巫婆与仙女的国度，害怕看到故事的结尾。我相信，那天早晨，丹尼尔心中的渴望没有一样会满足。因为他渴望的方向不对。他想理解那些他压根儿就不可能理解的东西。他缺少的不是理解，而是知识。罗西知道的东西、蚁蛉幼虫知道的东西、黄知更鸟和那群愤怒的乌鸦知道的东西，他都一窍不通。丹尼尔·柯林斯把理解看作安慰自己灵魂的一剂良药。然而，明眼人都可以告诉他，他是在一条错误的道路上行走。

天气越来越热，我脱掉夹克，扔到后座。这件夹克还是本从汤斯维尔回来后送给我的。那次，他离开父亲，一个人到屠宰场干了一阵子。那是一件皮夹克，里面是羊皮。早晨天凉的时候我总是穿着它。我到丹尼尔手下干活儿的第一个星期，他就告诉我应该换警察穿的夹克。我说，我不愿意把这件旧夹克挂在墙上落灰尘。他明白我是认真的，不再坚持。一只很大的楔尾雕在天空盘旋，在上升的暖气流中翻飞，就像神在自己幸福、神圣的天空自由翔翔，悠远的叫声在风中飘荡。上帝的鹰爪。妈妈的声音在我脑海里回响，告诉我她自己心里的不安。我碰到麻烦时，妈妈总会走到我身边。即使她溘然长逝之后依然如此。我承袭了她的温柔。那种情感深入到我的骨髓，永远和我在一起。我不愿意和丹尼尔一起见本。我希望独自一人去煤河，只有我们俩一起好好聊聊。我知道，不管怎么说，我和丹尼尔坐着吉普很难到达本的住处。一夜风雨，河水暴涨，就是费伊·斯塔布斯那辆布里茨牌大卡车也很难驶到河对岸。

不过，丹尼尔总得以他自己的方式了解这块土地——如果他真的想了解、想学习的话。如果那天早晨，他征求我的意见，我们两个男人会漫不经心地一边抽烟，一边看着天空，然后我就告诉他，不宜出门。可是，他没有问我，他也不抽烟。吃完早饭，天刚亮，他就把吉普车从车棚里开出来，对我说："上车，鲍比！"好像我是他的一条狗，没必要再多说什么。他腰间别着乔治·威尔逊那支韦伯利左轮手枪。枪还装在枪套里，但我的感觉并没有因此而有稍许的好转。丹尼尔耷拉着脸，阴沉得活像乔治那个破旧的枪套。我觉得根本没必要带这支枪。座位后面，一袋袋砂糖上面就放着那支 .303 步枪。我们坐着吉普出去的时候，总是带着这支枪，我早已习以为常。

有时候在丛林里会碰到野兽，用得着这支枪。

离开警务站的时候，迪普跑过来朝我们叫了几声。埃斯米站在后门看着我们，手里拿着一块擦拭杯盘碗盏的抹布。抹布红白相间，就像一面旗帜，只是没有在手中挥舞。她看到丈夫不愿意再花费一天的时间好好琢磨琢磨该做什么，而是想在太阳升起之前，就让事情见个分晓。母亲总说，任何事情都意味着什么。我看见丹尼尔把食品盒放到吉普车后面，心里多多少少高兴了一点儿。我估计这些食物是埃斯米给我们准备的。她出手大方，而且做的饭菜好吃。我从来没有听谁抱怨过她寒酸小气，或者说压根儿就没有理由抱怨她。这也让我想到，她为什么事必躬亲，别人干什么她都不放心，好像只有她才能把事办好。有一天晚上，我想问她这个问题。我一定是看她的时间太长，她笑着说："天哪，鲍比，你想什么呢？"我说，什么也没想。我回去抄写我和艾瑞正在学习的那本书。我想，如果我问她这个问题，她肯定不会做出什么回答。

我正胡思乱想，丹尼尔突然停下车，关了发动机。他没有说话，只是坐在那儿看吉普车前面的灌木林。小路旁边有一株已经枯死的檀香树。我们管那种树叫丛林梅。他凝视前方，好像看到有人骑马向我们走来。他一直想要找到的答案似乎就隐藏在他那凝视的目光之下。但是我觉得丹尼尔·柯林斯不是一个能够看到这些"神秘"事物的人。这是他的一大缺憾。那条路上长满了狗根草。一夜风雨把它们吹打得弯腰折背，但是现在又都挺立起来。只有这里，才有这样一番景象。汽车发动机突突突地响着，风突然停了下来，寂静笼罩了我和丹尼尔·柯林斯。我们俩肩并肩坐在淹没在灌木林里的前美国军用吉普里，不知道要到哪里。丛林里一片寂静。丹尼尔坐在那儿，四处张望。丛林里一个困惑不解的人，落入"奥秘"的手掌。被那"奥秘"捧着、抱着，直到离开这个世界。我们大家也一样。就像母亲小时候———一个孤独无助的孩子，被修女院院长抱在怀里。只要那个善良女人的双臂搂着她，就平安无事。"修女们都是我的亲人。"妈妈总是这样说。她知道自己被珍爱着。

老鹰在高高的天空盘旋着，叫声渐渐远去。面对空旷与寂静，丹尼尔突然说："埃斯米昨天夜里问我，关于本和那个女孩儿，罗西到底说了什么？"他沉默了一会儿，我知道，他并不指望我对他的这个问题做出回答，就等着听他继续开口说话。果然，他很快就又说："我没法儿和埃斯米谈我的感觉，"他说，"我对她说，罗西只是在泥土上画画，什么也没说。'她不可能不说。'埃斯米对我说。'你告不告诉我？''我没法告诉你。'我对她说，想到那些令人讨厌的事，我就无言以对。那种丑恶深深地印在我们心底。但是埃斯米不肯罢休。'你是不能，还是不想，丹尼尔·柯林斯？'她说。"

他是自言自语呢，还是和我说话呢？我一动不动坐着，虽然左脚被金属隔板挤压得很不舒服，也不敢挪动一下。他似乎要吐露"真言"了。"埃斯米是个很强势的女人。我感谢上帝让她走入我的生活，"他说，"她等待我，从北方该死的丛林中回来。我知道，她相信我一定会回来。战争对于我们俩都是一场考验。一场完全彻底的考验。我们都知道应该如何对待这场战争。我从战场上回来之后，我们俩的关系比以前还要亲密。我全然没有想到，这份工作会成为我们之间的障碍，会让我们在崇山峻岭中的生活变得艰难。可是，事实就是这样。"丹尼尔说这番话的时候，没有看我，而是看着那棵折断的檀香树。干旱、酷热和年复一年风吹日晒，扭曲、剥蚀了这株老树。丹尼尔看着那株枯树，好像和我看不见的什么人说话。他那副样子让我心神不定。他说："我对她说，我不恨本·托宾，我也不希望这个人做什么坏事。但我一定要弄清楚他对那个女孩做了什么。埃斯米还是不肯罢休，她说：'可是，如果他伤害的是我们的女儿，你一定会恨他。'听她这样说，我心里很是不安。因为我知道，如果这样看待问题，会使事情变得复杂，会冤枉托宾。"丹尼尔停了下来，很长时间没有说话。

我想卷支烟抽，可转念一想，还是等他把想说的话说完再抽。"我觉得，"他说，"埃斯米说这话的时候，好像是欺骗我们，故意把我们家的女儿牵扯进去。"他回转身看着我，好像突然想起我和他在一起。我也看着他，不由自主地眨着眼睛，假装咳嗽，用手捂着嘴，把脸转过去。他说："自从她说过这番话，我一直睡不好觉。我对她说，本·托宾不会伤害我们的女儿。压根儿就不应该这么想。什么事都不会发生。你不应该说得神乎其神，为这事儿担忧。"

我不知道该说什么，便什么也没说。

那两只老鹰在令人目眩的天幕的映衬下仿佛两个小黑点儿，也像我眼睛里的黑点儿。它们盘旋着，上下翻飞，翅膀一动不动。那是鹰的舞蹈。在我的眼睛里它们走了又来，来了又走，好像可以让自己消失又重现。或许这是它们的魔法，给一千英尺之下的猎物催眠。在老鹰的眼里，我是不是也只是一个小黑点？空气里水分太重，似乎应该把它们"压"到地上才对。它们怎么就轻而易举飞上天空，轻得好像一根羽毛。我经常看见一对老鹰栖息在离地面很近的树枝上，用那种傲气十足、高人一等的眼神看着我。我骑马从丛林走过，碰上它们撕扯猎物美餐的时候，看到它们目光中充满愤怒。那目光令人惊讶。是的，离它们很近的时候确实能看见那种刀锋般的犀利。或者像有的人把它们打死，挂在篱笆上的时候，从死鹰眼里看到的目光。我从来没打过鹰。我害怕它的诅咒会让我永远不得安宁。可是有人确实打鹰。打得心安理得，似乎认为他们就是鹰的主人。其实他们根本就不是。我不能干那种事。鹰就是鹰。谁都不可能取代它们。我们只是人。我们在丛林里生活的时候，就应该知道，我们不是任何东西的主人。天空、老鹰、丛林和巨石嶙峋的山崖融合在一起。没有一个人会是这一切的主人。

丹尼尔发动汽车，继续向前开，穿过被风雨折磨过的风景。我什么也没说。我们看到一堆白骨。丹尼尔指给我看，好像我没有看到似的。我知道，这是十五年前，我父亲打死的一头老公牛留下的骨头。几年之后，我们把那头牛的头颅骨放到一棵被妈妈叫作蓝桉的桉树树杈上。那头牛的角是我见过的最大的牛角。后来一定是被那些淘金的家伙偷走卖钱了。毫无疑问，那个家伙一定和他的朋友们吹牛他的枪法有多好。我父亲射出的子弹正好打在牛头正中，弹头留下的窟窿像一只眼睛。仿佛那头老牛死不瞑目，正看着你。真应该让罗西看看这个牛头。

沿河岸通往那片金合欢树的小路被洪水冲断，就横在我们前面，可是丹尼尔还往前开。我抓住挡风玻璃下面的一个把手，连忙喊："停车，丹尼尔！"他使劲踩了一下刹车，好像我的喊声把他从梦中惊醒。河水漫过金合欢树林，树干被激流冲弯了腰，枯枝败叶、垃圾杂草挂在树枝上。"从这儿过不去。"我说。不过我没有必要说这话，事情明摆着。他问我："还有能过去的路吗？"我用手指了指，对他说："那边水流平缓，下面是石头，如果骑马，可以过去。可是汽车很难爬上岸。这条河是十年前一场大洪水在平地上冲出来的。汽车即使把河岸碾得一塌糊涂，也很难过去。如果有马，一两个小时就能过去。"

丹尼尔关了马达，从汽车里面走出来，站在岸边，看着浑黄的河水。我也从车上下来，走到他身边。太阳照在河对岸一棵红柳桉树上。我从小时候就知道交叉路口这棵老树。这棵树一点儿也没有变，爸爸如果活着一定还能认出它。这附近没有多少红柳桉树，只有这棵老树孤零零站在这儿。一对相濡以沫的黑凤头鹦鹉从红柳桉树枝头看着我们，等着看这两个人要做什么，好像我们的到来，打搅了他们亲昵。

丹尼尔说："回家前干吗不烧点茶喝呢？"他现在平静了许多，紧张不安已经烟消云散。河水挡住了他的去路，这一点谁都看得清楚。是这条河为他做了决定。他已经一点儿都不在乎这件事情最终的结果。不过我还在乎。他上下打量了我一会儿。我担心他会问我，如何看待埃斯米的那些做法。他也许后悔不该让我知道他们家的事儿。因为我压根儿就没想走进那块"私人领地"。我从他身边走开，绕到吉普车后面，从工具箱里拿出一把斧子，朝那棵枯死的檀香木树砍去。木片飞起，嗡嗡嗡地响着，从我耳边飞过。我想起，从前有个华人男孩儿在齐勒酒馆干活儿的时候，被这样飞起来的木片击中眼睛。后来，那只眼睛就瞎了。

我生起一堆火，把食品盒从吉普车上拿下来打开。埃斯米准备了三明治和一块很大的水果蛋糕。我很喜欢吃埃斯米做的这种蛋糕。我把铁锅放在篝火上，又把一些干树枝拢到火堆四周，蹲下来，一边抽自己卷的烟，一边看铁锅里嘶嘶嘶响着冒泡的水。篝火冒起来的烟，和我嘴里吐出的烟，在树木间缭绕。那烟味儿是过去岁月的气味。丹尼尔站在火堆那边。他说:"我不该对你那样说埃斯米。"我蹲在那儿,用一根树枝拨弄锅下面的火。烟飘过来,我不由得眯细眼睛。篝火的烟总是往你这边飘。上午已经过了一大半。河水发出哗哗哗的响声。我爱听洪水暴涨时江河的咆哮。那是这块土地长期干旱,屏声敛息后的怒吼。我就是这样看的。仿佛山山水水的激情突然之间迸发而出。那声音中有一种快乐,妈妈听了就想跳舞。

那两只黑凤头鹦鹉等得不耐烦了,从树枝上飞起来,叫声凄婉,仿佛刚刚失去一个朋友。它们懒洋洋地拍打着翅膀,红颜色的尾巴在树枝树叶间闪烁,似乎向我们传递什么信息。离开警务站来到丛林,我很高兴。丹尼尔什么也没说,我想,他的沉默也许表明他在倾听。丛林永远都在和你对话。水开了,我往里面倒了些茶叶,用一根树枝挑起铁锅,从火上拿开,放到地上。热气腾腾,茶香扑鼻。我拍了拍铁锅边儿,让茶叶沉下去,然后朝丹尼尔转过身。他把他那个大茶杯送到我面前,我倒满茶水递给他。他切开蛋糕,蹲在我对面,小口喝着滚烫的茶,嚼着蛋糕若有所思地看着篝火。我喜欢火。从前,我和爸爸、本、本的爸爸在营地干活儿的时候,我总是第一个钻出睡袋,生火,烧水,做早饭。天还没有大亮,丛林里白雾弥漫。一只很大的公袋鼠站在那儿看我们，似乎纳闷要不要走过来介绍自己。我总是等火变旺、锅放好之后，再走开一点，在树丛中心满意足地撒一泡尿。上了马绊的马，跟跟跄跄走过来，抬起头看着我。我经常把刚做的梦讲给它们听。我不和别人讲我的梦。那只老袋鼠一边看我撒尿，一边搔了搔耳朵，回转身慢慢地向前跳，一边摇头，一边想在它的国度看到的这一幕：几个男人，一堆篝火，自言自语撒尿的人。这就是我们的生活。我在袋鼠的大眼睛里多次看到过这种生活留下的影像。那温柔的目光，如梦如幻，充满这块土地的智慧。本喜欢躺在睡袋里喝茶，我就高高兴兴给他端过去。我跑到他睡觉的地方，掀开他身上盖的灰色毯子。毯子四周用红线缝着，针脚很大。我蹲在那儿，看他慢慢醒来，闻着茶香，睁开一双眼睛，看着我。"上茶！"他笑着说，伸手接过那个大茶缸子。"有你烤的面包片吗？"哦，本·托宾，我的朋友。这就是那个可爱的小伙子。那时候我们都年轻，充满活力。

我把茶根儿倒到快要熄灭的火堆里，又卷了一支烟。丹尼尔看了我一眼，说："我从来不吸烟。"这一点我早就猜到了。我在不吸烟的人面前抽烟，向来就很不自在。我俩又待了一会儿，然后收拾好东西，径直回家找马。路上谁都没有说话。丹尼尔心情好了许多。他没有对我指手画脚，我因此而知道他心里的感受。

五

丹尼尔把吉普车停在车棚，端起食品盒向后门走去。我拿着缰绳到围场里去抓马。不知道埃斯米和丹尼尔都说了点什么。我还没把马鞍放到"老娘"背上，丹尼尔就从屋子里走了出来。埃斯米没有出来送我们，迪普也没有扯开嗓门儿汪汪地叫。我先给丹尼尔那匹骟马备好鞍子。那家伙闭目合眼，想在一天劳作之前，先打个盹。我真不明白，人们干吗要养一匹对工作持有这种态度的马。不过不干我的事，没必要说三道四。丹尼尔是从罗恩·帕克手里给警务站买了这匹马。罗恩是尽人皆知的专门会处理没用东西的行家里手。罗恩·帕克给这匹马取了个雅号"最后的胜利者"，倒也恰如其分。因为它非常懒，一双眼睛总是睡意蒙眬。它就是爸爸称之为"星期日的马"的那种马。在丛林里和别的马一起走的时候，它绝对算不上个好伴侣，总是走在后面，梦游一般，低着头，不知道蹄子该往哪儿踩。一会儿被树根绊一下，一会儿踩在松动的石头上滑一下。像别的马不高兴时那样，喷着响鼻，哼哼唧唧。它一点儿脾气也没有，性格温和，我给它钉马掌的时候，一个劲儿地往我身上靠。丹尼尔让艾瑞拿它学骑马。他说这匹马老实，骑它安全。我对她说，拿这样一匹马学骑术，除了学习用脚后跟踢它的肚子，让它保持清醒，继续往前走之外，什么也学不到。我让她拿"老娘"学习。她骑在它光溜溜的背上在周围慢跑，直到丹尼尔给她买了马鞍。我知道"老娘"一定会把这个小姑娘平安送回家。除了艾瑞，我没有让任何人骑过我的"老娘"。看到她骑在"老娘"背上，我很骄傲。他们俩很投缘。丹尼尔买的那个家伙自觉没趣，从她身边走开，独自回家，马蹄不时踩住拖在地上的缰绳，只顾想自己的心事，想下一顿味道鲜美的苜蓿。我虽然什么也没说，但艾瑞知道，除了她，我不会让任何人碰"老娘"。我第一次扶她上马的时候，她脸涨得通红。那以前，我真的不知道，小姑娘也会脸红。看到这一幕，我怦然心动。

我领着丹尼尔走下河岸，走进洪水漫过的煤河。河岸那边已经是一片汪洋，空气中有一丝淡淡的烟味，那是早晨我们生的那堆篝火留下的味道。水没到马肚子，石头被激流冲刷得发出哗哗啦啦的响声，就像有人不停地凿着监狱的高墙，想逃走一样。我历来就讨厌松动了的石头。我朝上游张望，生怕有漂浮的树木被水冲过来，还想找一段马比较容易爬上去的河岸。我真不明白丹尼尔为什么急于找到本。到明天早晨，洪水就会退去两三英尺，我们完全可以等到那时再过河。可是丹尼尔已经下定决心，非过不可。这一点看得很清楚。我们第二次到丛林的时候，埃斯米没有出来相送，这就等于告诉丹尼尔，她的主意没变，还是我们第一次离家时下达的"命令"。我相信，丹尼尔依然感觉到她施加的压力，一定要尽快把这件事情办完。她是一位母亲，应该说，她对和本一起生活的那个女孩儿怀有强烈的同情。但是在我看来，不是这种同情，而是她对丹尼尔的态度，迫使他以这样的方式履行警察的职责。

河对面的堤岸已经被洪水冲垮。大块大块的草坪坍塌下来被水冲走，河岸成了淤积的泥沙，矗立在那里，足有十英尺高。只有个别地方的边缘，草根把淤泥网罗在一起。我看见不远处有一株死树倒伏在淤泥之上，便牵着"老娘"朝下游的方向走去，一直走到离死树很近的地方。我小心翼翼地走着，生怕"老娘"踩到河床下面的窟窿里。它喷着响鼻，不时仰起脖子，甩着脑袋，不愿意往泥水里走。但我知道它不但靠得住，而且愿意为我效力，尽管以前没有和我一起下过水。我的靴子里灌满冰冷的水。从水里走出来之后，我们便朝那个缺口走去。泥沙在"老娘"的后蹄下面塌陷，它趔趔趄趄差点儿摔倒。我正准备翻身下马，它找到一个立足之地，喷着响鼻，一使劲儿，跳到岸上。它站在岸上，摇晃着，差点儿把我摇晃下去。我回过头，看见丹尼尔顺着"老娘"开的路，向河岸走来。他不在马鞍上坐着，而是向前滑到那匹老骟马的脖子上，老骟马的目光里充满惊慌。两个家伙随时都会掉下去。过了一会儿，"最后的胜利者"腿一软，跪了下来，丹尼尔的靴子陷到淤泥里。折腾了老半天，又退回到与河岸平行的河水里。丹尼尔勒着马缰绳，嘴里骂骂咧咧，靴子上的刺马针踢着"最后的胜利者"柔软的肚子，河水里立刻泛起殷红的血。

看着眼前这一幕，我一点儿也乐不起来。回转身，透过那一片树林，看到右手一百五十码开外高地上本的家。比这个距离近一点儿的车棚里停着他那辆万国牌[1]旧卡车。绿树掩映之下，屋顶闪烁着红色的光。本的院子那边有一个围场。我坐在马背上，眺望围场里那几匹马。老驮马"懒虫"不在，本的坐

---

1 万国卡车（International Truck）：美国著名卡车。其历史可以追溯到 1830 年。

骑——被他叫做"壮实"的小马也不在。他总是喜欢骑这匹公马。"壮实"是本自己培育训练出来的一匹好马，蹄子非常结实。四匹母马从围栏里面看着我。一匹刚出生不久的小马驹在它们周围撒欢儿。两匹母马肚子里怀着小马驹。被本叫做"绊脚"的那匹黑白花小马也不在。

丹尼尔走到我身边。我看了他一眼，说道："他们不在家，估计是买东西去了。大暴雨把费伊和她那辆'布里茨'困在路上了。本和他那个女孩儿一定是去道森那儿办货去了。"

丹尼尔翻身下马，拉着缰绳往前走，可是"最后的胜利者"四蹄生根，站在原地一动不动。丹尼尔使劲儿拽缰绳，老马扬起下巴，眼睛睁得老大。丹尼尔解开裤子，撒了一大泡尿。尿完之后，回转身，轻轻拉着缰绳。"你怎么知道？"他问。我让"老娘"慢慢走着。"哦，我知道。你会看到，我说的没错。"丹尼尔没有再骑"最后的胜利者"，而是牵着它在身后慢慢地走。我在围栏前面翻身下马，丹尼尔走了过来。他身上的衣服都湿透了。"这么说，你认为罗西搞错了？"他说。我说："也许罗西能看到我们看不到的东西。"丹尼尔什么也没说。我在"老娘"的缰绳上打了一个结，然后像推船下水一样，把它往前推，还轻轻地抚摸了一下它的肚子。它转身向空

82

地那边碧绿的草坪走过去的时候，我面带微笑，拍了拍它的屁股。"老娘"是我养过的最棒的马。我看见丹尼尔也要学我的样子，放开马，任由它吃草，心里想，再不说话可不行了，那他就得步行回家了。"如果是我，就把这匹马拴到栏杆上，"我说，"要不然，它以为今天的活儿干完了，就会独自回家，把你一个人丢在这儿不管。你就得步行往回走。"丹尼尔看着他那匹马，拍了拍它的脖子，呵呵呵地笑了。"这就是人家管你叫'最后的胜利者'的原因。"他说。"最后的胜利者"斜了他一眼，眼神怪怪的。是马生气时想咬你一口时的那种眼神。

丹尼尔把马拴到栏杆上，回转身看着我。我正在卷烟。"这么说，你相信罗西说的话？如果……"我舔了一下卷烟纸，把烟卷好，把露在一头的烟丝咬掉，问道："如果什么？"丹尼尔说："如果我们看不到的东西，罗西也看不到，你就不会相信她了。"我点着烟，从嘴唇之间拿下来，看了半晌，说："如果我们看不到的东西，罗西·葛娜帕也看不到，她就不是罗西·葛娜帕，只是个普通女人了。"我不想再跟他多说什么，径直向本那幢房子走去。

这幢房子是我和本盖的。有一年，干草山来了一帮英格兰山的牧人。因为齐勒酒馆什么可喝的东西都没有，那些家伙气得发疯，一把火烧了干草山电影院。我和本从废墟中找到几块扭曲变形、生了锈的波纹铁皮，用榔头敲敲打打，恢复原状，装到他那辆万国牌大卡车上，用套野马的绳子绑好，拉到煤河那边。然后到丛林里砍了些树干，用八号铁丝绑好，做成框架。我们搭建起来的很难说是个房子，也就是一个没有隔扇的大棚屋。本不喜欢隔成几个小屋。他喜欢环顾四周，一目了然。一个镀锌的大桶挂在厨房边儿上。本干活儿的工具都放在那儿。撬棍、斧子、铁锹和别的几样家什。一辆独轮车头朝下靠在墙上。那个大桶不是为了洗澡，而是为了清洗我们打来的乳猪。本喜欢把乳猪的内脏清洗干净，用油炸着吃。他祖父教会他吃猪内脏。可我从来不碰那玩意儿，洗得再干净也不吃。本是头号"吃货"。大伙儿都知道，无论什么东西放在眼前，他都照吃不误。洗澡、洗衣服就到河里去洗。选这个地方住很不错。即使最干旱的季节，河岸边一个大水坑也碧波荡漾。我从来没有见过那里面的水少于五六英尺深。而且总是清澈见底，除非像现在，因为洪水暴涨，没过河岸，淹没了这个水坑。岩石下面一定有泉水。这也是本为什么选择这儿的原因。大水坑里石斑鱼、青鱼多的是，都非常好吃。

如我所说，这幢房子是我帮本盖起来的。从开工到完工，花了我们俩一个星期的时间。旁边的窗户——木头框子上装着可以开合的铁皮——因为头天晚上的暴风雨而掉了下来。门也被风刮开了，门口有一摊雨水，上面漂着枯黄的树叶。树叶是从门前一株紫荆花树上落下来的。我以前没提到过这株树。我看见本那支单发 .22 步枪躺在地板上。本平常总是将这支枪立在门旁，为了用起来方便。我捡起来，擦了擦枪筒上的泥巴，又把它靠在门框边放好。煤河这一带蛇很多。本看到有蛇爬到他家周围，格杀勿论，除了地毯蟒蛇。这条地毯蟒蛇很老，很大，和他和平相处，一起"住"了好长时间。他说，它可以抓老鼠。本管它叫"宝贝儿"，总是喂它东西，不让它挨饿。我问他，怎么知道它是母的？他说，"'宝贝儿'不一定非得是母的，鲍比。"本总有话说。那条蛇一天到晚"盘踞"在本放工具的黑暗角落睡觉，我从来没见它抓老鼠吃过，甚至没见它蠕动过。我常常纳闷，它是不是在做梦。我从来没有见过什么动物像这条蛇一样这么爱睡觉。它一定觉得本是它的朋友，要不然不会在这儿待这么久。我不知道它是不是死了，但我确实知道它已经不在那儿了。本从来没有说过它是什么时候离开的。即使像这条只想睡觉的老蛇，也有想和别的蛇交配的愿望。否则蛇家族就会因为睡觉和懒惰而灭绝。

屋子里黑魆魆的，我走过去推开窗户，用一根棍子支住，让阳光照射进来。我站在窗前，向煤河望去。已经是下午晚些时候，背后的太阳挂在丹尼森山上，紫荆花斜长的树影落在绿茵茵的草坪上，阳光照亮"老娘"的皮毛。那一霎好像火狐狸的颜色。只不过"老娘"因为吃了我喂的燕麦油光水滑，我见过的狐狸却从来没有油光水滑过。我从窗户边转过身，因为丹尼尔走了进来。我说："我想，本一定不愿意让我请你走进他的家门，老板。"我极少称呼丹尼尔老板。但是想到我要说的话，心里很不得劲儿，希望他听了这个称呼，再听到我的话能好受一点。

丹尼尔一脚门里，一脚门外，靴子踩在那摊水里，停了下来。我注视着他，尽管我很想往别处看。他也直直地看着我。目光中有惊讶，也许还有轻蔑。他显然没有想到我会说出这样一番话，更不想听。"哦，这可太糟糕了，"他说，"我相信我有权进托宾的家。因为我是来执行公务的，和你一样，鲍比。希望你没有忘记这一点。"

我第一次听到他口气这么严厉，似乎在警告我。我不愿意丹尼尔在这个问题上考验我。可是事已至此，我看出他下定决心要让我面对现实。"哦。"我说，尽量让自己的语气平缓一点，可是喉咙还是阵阵发紧，说出来的话一点儿都不自然。"我觉得，如果本在家，他不会承认你是来执行公务。"

我虽然不想这样说，但是知道如果不说，等本回家之后，问起我，警察有没有搜查过他的家，我将无言以对。我发现，当"考验"降临到你头上的时候，不说真话，不会有什么好处。撒谎也许不难，但是迟早得露馅儿。如果现在不说，过后就没有机会了。不过说出来我也不觉得有什么好。

丹尼尔笑了起来，仿佛在说，本承认不承认他的权威都无所谓。"好了，鲍比，"他说，"看来罗西的话没错儿。他们俩是不在家。如此看来，罗西别的话也是真的。在这个问题上，也许是你搞错了。天很快就黑了。我们应该骑马去找他们。趁天亮发现他们的踪迹，弄清他们的方向。"

我从嘴唇间拿出纸烟，看了看。"我不认为应该骑马去找他们，"我说，"你没看到这儿发生过什么打架斗殴留下的痕迹。我也没看到。那两匹小马是好端端离开围场的，没有谁是匆匆忙忙逃离这里的。任何知道本养了几头牲畜的人都会告诉你，他们是带着老驮马'懒虫'从道森那儿往回驮东西的。他们俩，明天一早就回来了。我拿性命担保。"

丹尼尔站在门口，没有再往里走。我看出，我的话让他不得不三思。我转身走到对面放床铺的地方，打开旁门，走了出去。从旁门这边看不见河，但是听得见湍急的河水在岩石上撞击发出的怒吼。本做饭的小棚子在我的左边。搭屋顶的铁皮向一边偏着，需要再有根柱子支撑。我心里想，得来帮本干这活儿。要是离开警务站，我就有时间，也有心情和他一起干点什么事儿。离开丹尼尔、埃斯米、警务站一段时间，对我而言其实没什么。唯一让我不安的就是或许会因此而失去和艾瑞的友谊。我是为了艾瑞，才留在警务站，和丹尼尔一起工作。我站在那儿，一边抽烟，一边听河水咆哮，在心里琢磨下一步该怎么办？现在对于我来说，这是头号重要的问题。母亲要是活着，她和艾瑞一定相互喜欢，成为好朋友。想起这些，我不能抹杀一个事实。那就是，我和艾瑞·柯林斯的友谊是那时候我生命中最珍贵的东西。这种友谊像一条纽带把我们连在一起。我知道，要想维系下去，就得付出代价。但是那时候，我还没有意识到这代价有多大。那得以后才知道。当那一天到来的时候，我才明白，做梦也没有想到，代价会如此惨重。有的人或许会说，付出如此惨重的代价不值，我却不这样认为。

　　我把烟蒂扔到地上，用脚踩灭。从那扇门望过去，最后一缕阳光在丹尼尔背后闪烁。我看见"最后的胜利者"正向"老娘"吃草的那块空地走去。它扬着头，缰绳拖在地上，不时被蹄子踩住。我说："你的马跑了。"丹尼尔回过头，一边骂，一边追，吆喝着，让它站住。"最后的胜利者"看到丹尼尔追它，扬了扬脑袋，小跑起来。这正是我预料之内的事情。丹尼尔本来应该用一把燕麦哄它回来，可他却去追它。我告诉过丹尼尔，把马拴在栏杆上，他就是不听，把缰绳往栏杆上一扔，便做自己的事情去了。丹尼尔大声叫喊着，让"最后的胜利者"停下。老马回头瞥了他一眼，越发加快脚步，感受自由的快乐，盼望回家享受围场的舒服。正在吃草的"老娘"抬起头，看了它一会儿，又低头有滋有味地吃起美味的嫩草。我不想打搅"老娘"，为丹尼尔去追他那匹马。我知道，对于大多数人来说，让别人给你往回追马，是一种屈辱。我看着丹尼尔的背影，心里想，他是不是有点太慢，追不上那匹马了？

我在本自己做的长凳上坐下。长凳放在长条桌一边，是用银巨盘木做的。银巨盘木木质很硬，本用斧子把木头劈成木板，再一点一点拼接、雕琢而成。用的时间长了，磨得乌黑发亮。我用掌心抚摸着桌面，心想，我应该辞掉警务站这份差事。等一会儿丹尼尔和"最后的胜利者"一回来，就提出来，跟他做个了断。和他一起跟本作对，我真的无法接受。我知道，自己无法摆脱这种压在心头的巨大的痛苦。我一直认为当警察没什么好。当初完全是出于好奇，为了干点和剪羊毛、打烙印不同的活儿，才谋了这份差事。但我也并不认为凡是警察干的活儿就不好。更没有想到，有朝一日会和干草山的警察一起追捕自己的朋友。可不管怎么说，我现在就是这种处境，我没法儿欺骗自己。

我正这样胡思乱想，看到对面栏杆下面本放鞍具、工具的地方有一个黄颜色的东西。我从长凳上站起身来，绕过桌子，向栏杆走去，看见一块像马头一样的松木。我把那玩意儿拿起来，在阳光下翻来覆去地看，发现它真的很像马头，只是小一点。木头的纹路细密，呈黄色，散发着一股松脂的芳香。我把它放到鼻子下面，闭上眼睛闻。那上面有许多黑色的节瘤，本花了不少时间用刀子在节瘤周围雕刻出好看的花纹。这活儿很难，不是谁都能干得了的。这种木头疙瘩很容易开裂，但是这块相当好。我见过罗西家族的人点燃这种松树的松针，用烟当药熏病人。病人站在烟雾中，浑身冒汗，就可以驱除身体和心灵的疾病。这一带大山里很少看到这种树。如果你碰巧见到，就会发现，它们仿佛一家人，簇拥在一起，知道自己长错了地方。地板上到处都是木片、刨花和一块块黄色的木板。我把那个雕刻过的马头放到原处，又回到桌子旁边坐下。我从来不知道本会干这种细活儿，很难想象他坐在那里精雕细刻。但我知道，只要本决定做什么活儿，就一定能做得非常棒。他无论做什么，绝不会半途而废。

这一切都让我有点迷惑不解，我茫然失神地看着对面栏杆下面放着的缰绳、驯马笼头、两条用棉线拧得很紧的马肚带，想起我们一起度过的青春岁月，怀旧之感油然而生。尽管我还是个不到二十一岁的年轻人。还有几根编出来的鞭子、一条驯服野马用的生牛皮绳子。马鞍垫子上扔着两条驯服公牛用的皮带，皮带上有可以快速打开的搭扣。两件皮夹克和本最好的帽子挂在挂钩上。这身行头本只有到干草山喝酒的时候才穿。他父亲用过的马刺挂得比那顶最好的帽子还高。所有挂在墙上的东西看起来都像本。透过那些东西，我看得见他的身影，闻得见他的气味。想起他，我脸上露出一丝微笑。

他和他父亲一直用军用马鞍。这种马鞍比普通马鞍好，可以保护马背不被磨伤。我从来没有看见过军用马鞍会损伤马背。不过我和爸爸一样，一直使用普通马鞍。我现在放在警务站的马鞍还是爸爸用过的。我还有他的帽子、马刺、缰绳。爸爸去世后，我保存了他所有的东西。看到本使用的家伙什儿挂在那儿，我不由得想，将来要是本一命呜呼了，又会是怎样一幅景象呢？我仿佛看见我们——我和本，丹尼尔和他爱管闲事的妻子埃斯米，还有我那匹爱马——都死了之后的情景。这里的一切都被白蚁吞噬，锈迹斑斑的铁皮记录下流逝的岁月，记录下曾经的苦难和欢乐。我目睹了丛林里的一切。永远是荒无人烟。人们的希望归于虚无，被完全遗忘。没有人记得他们的名字，就像没有墓碑的坟墓里的穷人。没有人知道谁曾经在这里度过短暂的时光，只知道有人用他们的双手雕琢过这块土地。我和父亲许多次坐在马背上，眺望这样的景色。我们抽支烟，休息一会儿，然后去做自己的事情——通常是为牧场主把还没有完全丢掉野性的牲畜从丛林里赶出来。我知道，是母亲的声音告诉我，应该辞掉警务站的工作。但是因为害怕失去艾瑞，因为希望我们未来能有一个好的结果，我不想听妈妈的话。这个希望在我的心里已经放到很高的位置。也许不应该放得那样高。如果不是为了艾瑞，不是为了藏在心底的那个对未来的希望，那天我会毫不犹豫地告诉丹尼尔，我不能再干这件事情了，我要离开警务站，重新去做自己想做的事情。警务站的工作不适合我，确实如此。可是我没有按照自己的真实感受去做。

坐在本桌子旁边的长凳上，我知道，现在处于十字路口。我的一部分朝这边走，另外一部分朝那边走。我希望那个"自私的我"能赢得这场"博弈"，又希望他不要赢。那是一种被分裂的感情，两种感情正在激烈斗争。于是我想等丹尼尔追马回来，再做最后决定——如果他不在丛林里迷路，不变成枯枝败叶中的一堆白骨，不像那头老公牛眼眶骨里长出的杂草，轻轻摇曳着，嘲笑他想在崇山峻岭、茫茫林海中找回家的美梦。

我不曾对任何人诉说珍藏在心底的那个希望，甚至没有对灵魂深处的母亲诉说。我只是让这个希望在心灵里膨胀，只要还能控制，就让它一直留在心底。这个希望不属于任何人，只属于我自己，但我又无法主宰它。尽管那渴望是一种自私，但我渴望依旧。总有一天，艾瑞会长成一个大姑娘。我希望，那一天到来时，我们依然像现在一样，亲密无间。我心甘情愿承认，这算不上希望。但是一个人独处，有机会胡思乱想的时候，又不由得做起美梦。我想象着她长大之后——有时候，她举手投足，俨然就是个窈窕淑女——我们俩会怎样对话。有时候，特别是当她满脸严肃、否认母亲的意见时，她的目光让人觉得，她已经是个成熟的女人。艾瑞和埃斯米格格不入，就像她是另外一个女人生下的孩子。米里亚姆更像母亲，埃斯米也更喜欢这个小女儿。这一点从她的眼神就能看出。米里亚姆嫉妒艾瑞喜欢我。我和米里亚姆不是朋友，也不可能成为朋友。我对此心知肚明，所以压根儿就不想着和她交朋友。这个世界在她的眼里和艾瑞眼里的色彩完全不同。艾瑞看到的世界和我看到的世界是一样的颜色。我们没必要把这一点说出来，彼此心照不宣。只需微微一笑，便领悟了对方不想说出来的话的意思。那时候，一种非常美好的感情在我们之间交流。我和艾瑞之间，常常是此时无声胜有声。语言并非表达感情唯一的渠道。

想到这些事情，我心里很难过。因为我知道，让这一切变成真实的生活，希望渺茫。于是，我觉得还是做点有用的事情吧，便从长凳上站起身来，从侧门走出去，拿起一把铁锹，推着手推车向不远处的蚁冢走去。我用铁锹铲着，铲出干土之后，一锹锹装到车里。装满之后，便把车推到门前，把土倾倒在门口的水洼里。水向四周漫开，土堆傲然挺立其间。我挖了一条小沟，把水排出去，然后把土堆摊平，用铁锹使劲拍打夯实。那个寂静的下午，铁锹拍打的啪啪声和潺潺的流水声、鸟儿的鸣啭交织在一起。我喜欢置身于那寂静之中，很快就忘记心中的不快。我站起身，伸了伸腰，看见一只黑色的老鹰栖息在紫荆花丛中，仿佛在想，是否应该回家告诉亲人我在这里拍打泥土的故事。我对它说，我看见它了。然后往后退了几步，欣赏自己的劳动成果，问它这活儿干得怎么样？老鹰飞走，"老娘"发出低沉的嘶鸣。我回转身，看见丹尼尔骑着他那匹马向林中空地跑来。他不时踢着马肚子，脸上一副得意洋洋的表情。

我把手推车和铁锹又放回到本原来放的地方。再回到前门的时候，丹尼尔已经翻身下马，手里拿着缰绳站在那儿，朝他来的那个方向张望着。他的衬衫已经干了，可是斜纹棉布外套还是湿乎乎的。他没有看我，好像发现了什么，抬起手指了指，就像爸爸当年那样。"我看见他们留下的踪迹了，穿过那块空地，向林子外面去了。"我还是第一次看到他在丛林里这样一副胸有成竹的样子。他回转身看了我一眼，说："我们最好现在就去追他们，要不然天就黑了。"

我一直在想如何提出辞职不干的事儿，可是话到嘴边儿却说不出口。沉默了一会儿，他凝视着我说："我一直有一种感觉，紧要关头，你不会站在我这边和本·托宾作对。"

我不知道该如何回答，主要因为自己就不知道这个问题的答案。我不想骗丹尼尔，半真半假也不愿意。在我看来，半真半假比完全撒谎糟糕一百倍。所以关于这个问题我什么也没说。而是说："在我看来，如果你先回警务站，给道森先生打个电话，他一定会告诉你，他亲眼看到本和那个姑娘就在镇子里。那时候，你就用不着听我的解释。弗兰克·道森或者他的妻子安妮·道森——如果弗兰克不在家，接电话的是安妮——足以让你心满意足。"我本来可以就此打住，可是接着说了下去："然后柯林斯太太就不会再逼着你去做那些你自己也不知道会有什么结果的事情。"我知道这样说有点"挑事儿"的味道。可是，我觉得应该这样做，否则我就会左右为难，给自己找麻烦。

丹尼尔什么话也没有说，只是眯细一双眼睛，直盯盯地看着我，嘴巴动了动，好像要吐唾沫，但是没有吐。我从来没有见过他吐唾沫。我说："道森夫妇一定会告诉你，他们看见本和那个姑娘了。我知道。"丹尼尔转过脸，看着"最后的胜利者"，好像要对这匹马说点什么。然后，他用很平静的声音对我说："你敢担保你说的是真话吗？鲍比。""没错儿，"我说，"我敢保证我在这件事情上的感觉绝对正确。我可以在这儿待着，等本和他的那位姑娘。明天早晨回警务站向你报告情况。"丹尼尔想了想，伸出手，揉搓了几下马鼻子。马没在意。因为这一摸，只能让它想到该吃东西了。丹尼尔没有转过脸来看我。再说话的时候，他的声音低沉、平静、若有所思。"如果道森夫妇没看见过本·托宾和他的女人呢？"现在，他回过头看着我。"那该怎么办？鲍比。你有什么建议吗？"他看我的那副样子似乎认为我无法回答他的问题。

我说："不等天亮，本就会带着他买的东西回来。这儿连一点儿可吃的东西都没有了。我查看过了。桶里没有面粉，没有肉罐头。水果罐头也吃光了，只剩下几个菠萝罐头。我知道，那玩意儿本不爱吃。只有费伊告诉他，干草山商店里什么水果都没有，他才买菠萝罐头。我知道。这儿是本的家。他的东西都在这儿。不管怎么说，天色已晚，你很难追上他。一旦走进丛林，就看不清他们留下的踪迹了。丛林里，天黑得早，亮得晚。如果本对那个女孩儿做了什么不应该做的事情，我们这个时候跑到丛林里追赶他们也于事无补。"

丹尼尔听了我说的话之后，若有所思地抽了抽鼻子，吸了一口气，低头扯了扯贴在大腿上湿淋淋的外套。我不知道他怎么样，反正我的肚子饿了。他被河水浸湿的斜纹布外套依然沉甸甸地套在身上。他说："既然你这么了解我们这位本·托宾先生，我就听你一回。"他凝视着我。我说："我保证你不会后悔。今天晚上柯林斯太太看见你回家，一定非常高兴。你和道森夫妇通话，让她放下心来，更会让她高兴。这事儿你很容易就能办到，一进家门就能把电话打过去。"丹尼尔说："那就看看吧。"他回转身，收了收缰绳，把脚套到马镫里，翻身跨上"最后的胜利者"。

他坐在马背上看着我，就像平常人们骑着马对地上站着的人说话那样，套在马镫里的靴子正对着我，宛如也知道我是谁一样。别在腰带上的韦伯利手枪沉甸甸的，看起来比平常大。我看见他把手放在枪上，手指摸索着打开枪套，拔出枪对准我的脑袋。黑洞洞的枪口就像瞎子的独眼凝视着我。我有点眩晕，想象着可能在我身上发生的一切：丹尼尔不信任我，会借机除掉我。虽然神情迷乱，但我知道，如果此刻被他打死，我会消失得无影无踪。不会像一具普通尸体那样留在这里，绝对不会。也不可能出现在别的地方，留下我的蛛丝马迹。我仿佛从来没有来到过这个世界。谁也不会知道。我看见他咧嘴笑了笑，把枪收起来，好像对自己此举非常满意，或许因为证明他自己高人一等。

我从迷乱中清醒过来，听见他说："好了，鲍比。你今天晚上可是没饭吃了。"他朝我笑着，好像已经真的朝我开枪，把我打死，我已经无法知道他的秘密。我说："没错儿。不过我没饭吃的时候多了去了，也没饿死。"他说："那么我可以指望你明天早晨回警务站了。"我说："当然。"我看出他仍然疑虑重重，对我并不完全信任。我突然想到，他或许认为我和本合伙骗他。我以前没有这样想过。可是一旦出现这个念头，就挥之不去，总想找出点可以证明自己这种揣测正确的理由。也许他是在考验我。他离开之前，还有话要对我说。"你说罗西能看到我们看不到的东西，"他说，"现在你又让我相信，我们之所以看不到那些东西是因为它们压根儿就不存在。如果罗西正确，你错误，那么我们就给了本·托宾二十四个小时逃跑的时间。罗西·葛娜帕关于这起谋杀案的报告就打了水漂。"他没容我说什么，掉转马头，让"最后的胜利者"一路小跑，穿过那片林中空地。他斜跨在马鞍上，好像要掉下去似的。他在马背上那副失去平衡的样子，我一点儿也不喜欢。

我站在那儿看他骑着马向傍晚的霞光跑去，然后走到滑溜溜的河岸。下午，我们就是从那儿过的河。丹尼尔爬上对岸的河堤。我极目远眺，一朵朵云彩已经消散，天空晴朗，地平线现出一片紫色。太阳已经沉没，在粉绿相思树枝头留下一片金辉。一股凉风吹过，丹尼尔爬上河岸时，在马背上回转身，举起一只手。我纳闷，他是不是对我、对我们俩目前的关系又有了什么新的想法。天黑前，他不会赶回警务站。我相信，他完全有可能在丛林里迷路。我觉得他不大可能相信我说的话。其实我自己也没有多大把握。我希望能更直截了当地告诉他我的想法，但是不知道，如果不对他讲出我心里藏着的那个对艾瑞的希望，不对他讲出我与这个孩子之间的友谊带给我的快乐，如何说得清楚这一切？我知道，这一点我根本做不到。所有这些想法只能藏在心底。如果从我嘴里说出来，大白于天下，一包葛里炸药就可以把我炸得粉碎。埃斯米和丹尼尔会把我看成来毁坏他们的孩子和她们的幸福的魔鬼。我非常清楚他们知道我对艾瑞的非分之想是什么性质的问题；也知道，一旦说出来他们会怎样惩治我。我就像知道妈妈叫什么名字一样，清清楚楚地知道这一点。妈妈的名字叫玛丽，是修女们给她取的。她不知道她的母亲给她取的那个名字。她喜欢叫玛丽。这对于她非常合适。

我担心的是，丹尼尔会因为自己在山里的冒险失败而心灰意冷，不再做带着家人离开海岸来这里时的美梦。战火纷飞的年月，他和家人天各一方，饱受相思之苦。我担心他会做出决定，很快就离开干草山，举家回到海岸。那儿才是属于他们的地方。这一点再清楚不过了。丹尼尔在崇山峻岭、茫茫林海，永远都不会找到归宿感。如果埃斯米坚持，丹尼尔或许会硬着头皮在这儿待下去，但他仍然不会融入到这个社会之中。我看不出这样一个注重秩序、讲究整洁的人能适应干草山人的生活方式。我不知道我们这个镇子为什么叫干草山。因为我们这儿没山，也没有什么干草。对于丹尼尔来说，埃斯米是另外一个故事。她是那种自己想干什么就一定要干成的人。凡事只有按照她的意志去做，才心满意足。我曾经有一条蓝毛狗就是这样。有的老公牛以刺人的灌木丛做后盾，面对面地和它抗争。可是那条狗不达目的决不罢休，直到把公牛从灌木丛引开，然后飞快地绕到它身后，咬住它的尾巴。我是从它还是小狗崽的时候就开始养它，管它叫斯米利，因为它看起来好像总是对我微笑[1]。后来，在比拉牧场，它被一头小母牛踩断了腰，父亲不得不开枪打死了它。我自己下不了手。斯米利之后，我再也没有养过狗。父亲不喜欢干活儿的时候旁边守着一条狗。这就是埃斯米。总是面带微笑，而又穷追不舍。一条蓝毛牧羊犬。我相信她能四海为家。只要她想，干草山或者任何别的地方都能

---

1 原文为 Smiley，意思是"带着微笑"。

扎下根。她会坚持到底,直到事事如她所愿。如果这个地方不适合她,她就会改造它,让它适合自己。她逼迫他做什么事情的时候,丹尼尔不会拒绝,恰恰相反,他会"力排众议",顺着她的意思办。对我也一样,刚才我坚持不去追赶本,他也只得依了我——除非是对我的考验。同理,如果丹尼尔今天晚上回到警务站,直截了当地对埃斯米说:"我们得离开这个地方,回家。"我相信,埃斯米不会拒绝。遇到这样大的事情,倘若丹尼尔坚持自己的意见,估计他们之间也不会发生什么争执。

六

那天晚上,丹尼尔骑马过河之后,煤河只剩下我一个人。我站在本那幢房子外面,看夜幕在丛林慢慢降临。我喜欢寂静,喜欢独处。头顶,归巢过夜的鸟儿相互呼唤着,信心十足地划过暮色渐浓的天空。一群群的鸟儿在一天结束之时鸣叫着,仿佛为它们生命的结束而唱哀歌。我抬头望着它们从头顶掠过,问自己:"鸟儿知道太阳明天还会升起吗?还是以为黑暗将永远笼罩丛林?"我不知道答案。是呀,我们怎么能知道鸟儿的想法呢?如果它们只是想喝水,煤河里水多的是。我不想听人们断言动物和鸟儿没有思想。说这话的人不能实事求是地看待自己，而是自视甚高，似乎比他们尚且不懂的事物更高明。你永远不会听到黑人说动物和鸟不会思考。他们更了解丛林中的飞禽走兽。这些鸟儿来这里不是找水喝，而是来找野生的无花果古树。这一带山里，无花果树很少。但我知道一棵。父亲说，那棵树足有一千多岁。也许还要老得多。谁能知道这样一棵树的准确年龄呢？那株千年古树长在丛林深处甘甜的泉水旁边，扎根在科茨山铁矿石形成的绝壁。树根、树干在绝壁的石缝中缠绕、攀援，仿佛山石和树木融合在一起。巨大的树冠下面，微风吹过，香气袭人，泉水清澈见底。一条六英尺长的鳝鱼生活在泉水里。我管它叫"泉之魂"。它有多老呢？也有一千年？虽然不得而知，但肯定已经很老。

　　我和父亲还有本和他的父亲在这块渺无人迹的蛮荒之地追赶走失的公牛时，常常在这儿宿营。我们在这儿待的时间总比需要的时间长。绿荫清泉真是太美了。这个"世外桃源"是本的祖父发现的。我们管这个地方叫无花果泉。父亲去世后，它常常闯入我的梦境，我相信，那一定是父亲灵魂的归宿。那棵古树除了无法让它的根攀援到石壁之上外，方圆一百码都是它四处延伸的根须。古树宛如一座古老的教堂，光滑的、灰白色的根从华盖般撑开的浓密的树枝垂下来，在柔和的光和碧绿的叶之间摇曳。每到无花果成熟的季节，古树枝头沉甸甸地挂满紫色的果子，果子上面布满白色小点。甜甜的果实招来许多袋貂和飞狐。无花果泉流入我的梦境时，妈妈总是和我们在一起。梦里，她和爸爸什么话也不说，但我知道，我们三个人待在一起，非常幸福。那是我的幸福之梦。梦醒之后，浑身是劲。

我对艾瑞说过这个地方和我对它的感情。她抓着我的手，让我郑重发誓，以后找个时间带她去一探究竟。我竟傻乎乎地答应了。她坐在那儿，温暖的手握着我的手，一双天真无邪的眼睛很严肃地看着我的眼睛，好像认为我是她遇到过的最特别的一个人，这样的人以后也不会再碰到。她可以完全信任我，和我在一起的时候，总是轻松自在。面对这样一个姑娘，我不知道谁能拒绝她的请求。就这样，我对艾瑞发了誓，尽管心里清楚，很可能最后以食言而告终。在我看来，这就是我们的生活，我们的梦。但我不知道为什么会是这样。只能听其自然。

暮色渐浓，我一个人站在本的厨房外面，怀抱只要生活如我所愿便会有的梦想，很为摆脱丹尼尔而高兴。我生起一堆和往日同样大小的篝火，红色和橘黄色的火苗无情地吞噬着阻挡它们脚步的黑暗，在风中发出阵阵喧嚣。我像一匹野马，向警务站飞驰而去。火焰包围了那幢木屋，铁皮屋顶卷了起来。我冲进火海。艾瑞看见了我。我力大无比，抱起她，穿过烟火掀起的巨浪，飞过层层叠叠的灌木林，来到无花果泉。她的家人都葬身火海，干草山像那家剧院一样夷为平地。只留下我和艾瑞相互照顾。想到那凄美，我不由得打了个寒战。

　　站在那儿，只穿着一件衬衫，我觉得有点冷，便走过去从马鞍后面取下外套，穿在身上。熊熊大火仿佛还在眼前燃烧。想象中的大火那么真实，吓了我一跳。我感觉到那火就在我心里燃烧，很让我害怕。因为我不知道，如果那火从我心中烧起，如何才能把它扑灭。头晕目眩之时，你分不清什么是幻象，什么是触手可及的真实。我对"老娘"叨咕了几句，它跟着我走进那个不大的围栏。我卸下马鞍，松开缰绳。本那几匹小母马走到围栏跟前，像平常马儿见了"陌生人"努力表现自己那样，一边看着"老娘"摇头晃脑，一边尥蹶子。那样子和人没什么两样。我把我的东西拿回屋，从本的桶里捧了一捧燕麦喂马。桶上盖了个木头盖子，那是为了防止没被本那条老蛇吃了的老鼠偷吃他的粮食。如果那条老蛇没有溜到什么地方去交配，而是死在这里，吃它尸体的则会是这些老鼠。我想，老鼠吃那条吃了它们父母的蛇，就等于吃它们自己。小院里放着一个四十四加仑的汽油桶，里面盛着半桶糖水，那是给那条老蛇准备的。我后退几步，看"老娘"吃燕麦。看够了，回转身进厨房生着火，烧了一壶茶，卷了一支烟。

我想，一会儿可以吃一个菠萝罐头。也许吃两个。我也不爱吃那玩意儿。我想吃咸牛肉罐头，新鲜面包和土豆。但是我已经查看过了，本的家里连一点儿可吃的东西都没有。厨房后面只有一堆招老鼠的空罐头盒子。因为雨水多，蓟草都快没过那堆空盒子了。壶里的水发出嘶嘶嘶的响声，我想起埃斯米对丹尼尔说，他是唯一站在年轻妇女——她就是这么说的——和像本这样凶残男人之间代表正义力量的人。在我看来，埃斯米对干草山社会生活的误解无孔不入，她按照自己的见解把丹尼尔封为年轻妇女的保护者。我知道，埃斯米不会拿我的话当依据和罗西作对。我知道这一点。无论我说什么都没用。那天，看到她把罗西抱在怀里，我就明白，她认为她和罗西是姐妹。但是在我看来，罗西可不把埃斯米当姐妹。罗西有她自己的姐妹，有自己的思想。这一切对埃斯米·柯林斯太深奥了，她无法理解。

水开了，我往里抓了一把茶叶，用一根带钩的铁条把茶壶从火堆上提起来。这个家伙什儿是用威利斯牌越野车的变速杆做的。在干草山，没有一个人像艾瑞一样，闯入我的生活。在灌木林里，和爸爸一起干活儿的时候也不曾有过这样的经历。我知道，被邀请和他们一家吃饭，是埃斯米的好心。我也明白，我永远不会融入这个家庭，更不该对艾瑞有非分之想。在埃斯米和丹尼尔·柯林斯眼里，当然也是这样。我不知道，如果他们真的离开小镇，我该怎样挽留她。我把水壶拿到屋里，坐在桌子旁边，倒了一大铁杯，喝了起来。茶水有点苦，我不由得龇了龇牙。本一定为了治胃疼，往里加了些碾碎的草药。真希望他没加那些破玩意儿。

七

左眼上方有什么东西在晃动，我从毯子下面慢慢拿出右手去摸。那东西轻轻颤动了一下。我的手挪过去的时候，它缩了回去。于是，我把手收回去。那东西缩回到离我的眼睛一英寸远的地方，给我一种毛茸茸的感觉。我不知道那是什么东西，以为自己又处于神情迷乱之中。但我知道不是。我渐渐看清她正站在我头顶，两只脚放在我的腰部两侧，手里端着本立在门

后的那支口径 .22 的步枪，手指扣着扳机，枪口几乎碰到我的眼球。我知道，这支枪已经很旧了，特别容易走火。原本属于本的祖父，派过好多用场。此刻，我觉得一粒子弹洞穿了我的眼眶骨，穿过脑壳，打透了我睡觉时垫在枕头下面的外套。在外套上打个窟窿，我觉得很可惜。

她身后的门敞开着，一缕粉红色的霞光划过淡灰色的天幕。看着那黎明的曙色，一种奇妙的感觉溢满心头，然后蔓延开来。我好像上升到距离地板一英尺高的地方，从远处看着自己，知道就要漂浮到一个幸福的充满关爱的世界。麻烦事儿没有一样会跟着我去。我不觉得害怕，反倒有一种宁静安谧的幸福之感。

她的声音"从天而降"。"你是谁？"从口音我便听出，她是昆士兰地区的土著人。我说，"我是鲍比·布鲁。"我不想跟她说话，而是想继续漂浮，一直漂浮到晨光熹微那边正在等我的宁静美丽之地——看起来确实如此，就在黎明的曙光那边。那些话在我的心中，我愿意听见自己把它说出来。我知道，一个人必须等待一生，才能听到这些话。离开眼下的生活或者生活中的任何东西，我都不后悔，只是为艾瑞有一点小小的遗憾。这很让我惊讶，那一丝淡淡的忧伤就像渐渐消失在远方的声音。我对事物的感觉如此不同，只是因为死神正注视着我。我对艾瑞的希望属于别的地方，而不是黎明那边的新世界。我也不会因为留在身后的是艾瑞而遗憾。我对自己的悲伤并不在乎。

她又对我说话了。"你他妈的笑什么？我枪口对着你的眼睛，你却在笑。你没有理由笑，小伙子。你不像他经常提起的那个鲍比·布鲁。"枪口微微颤动，好像一只眼睛正朝我瞄准。

"哦，我就是他，"我说，"我躺在这儿和站起来当然不一样。本对你说的是我站着时的样子。我的马就在院子里。本一看见那匹马，就知道是我来了。"那个姑娘挪动了一下，身上的毯子滑落到一边，我觉得她靴子上的刺马针穿透衬衣，刺到我身上。我说："你的刺马针刺到我肚子上了。"她不但不把靴子挪开，反而更使劲地刺我。"你要是敢动，我就朝你的眼睛开枪。"她说。我说："我没动。你为什么不把本叫过来？"她抽了抽鼻子，说："本不在。"我说："哦，这么说，你我陷入困境，进退两难了。""是你陷入困境，不是我！"我说："你叫什么名字？"她说："我叫什么，不关你的事儿。本很快就会回来。他去找另外那个人去了。那家伙吃了桌子上你剩下的那个菠萝罐头。"我说："两个罐头都是我吃的。""是吗？"她不无讥诮地说。"我们在丛林里发现有人来过这里。本看出是两个人在这周围转悠过。他找你的同伙去了。那个家伙比你警惕性高。"

"你是迪兹，"我说，"如果我不是鲍比·布鲁，怎么能知道你的名字呢？"她说："我不管你是怎么知道的。老老实实躺着，要不然你就没命了。"现在我觉得她不会开枪打我了，除非发生意外，扣在扳机上的手指再使点劲，走火伤人。晨光熹微那边的土地在飞快地消逝。我说："我以前见过你。"

我听见本在门外哈哈哈地笑，马喷着响鼻。"你最好让我起来吧。"我说。这时候，本走了进来，手里拿着从驮马背上拿下来的袋子，把袋子里的东西倒到桌子上。"你要是愿意，就开枪打他吧，迪兹。"他笑着走过来，弯腰看着我。"你躺在这儿干什么呢？鲍比·布鲁。"突然之间，我又想活了，我又珍惜自己的生命了。我知道，我爱艾瑞，永远爱她。此时此刻，迪兹手里那支枪比什么都可怕。我生怕她只顾注意本，无意间走火把我打死。我连忙伸出手，抓住枪管，把枪推到一边，翻身坐起。本说："这是迪兹。我和迪兹要生小宝宝了，鲍比。如果生的是男孩儿，就给他取名鲍比。你就是他的鲍比叔叔。"

迪兹又高又瘦，头戴宽边牛仔帽，穿一条从留下来的士兵身上脱下来的美国 Lee Rider 牌牛仔裤，衬衣是霍伊商店常卖的那种黑白两色的时髦玩意儿。外套和牛仔裤配套。她有一颗门牙没了。左边的。这个豁子不怎么损害她的容颜，反倒挺配她那张脸。究竟为什么，我也说不清楚。不知道她那条牛仔裤和外套是从哪儿弄来的。说实话，我倒很想有这样一身行头。她长得很好看，人也很机灵。本第一次被丹尼尔逮捕的时候，我见过她。以前在干草山可能也见过她。和一帮孩子在霍伊商店门前嘻嘻哈哈闹着玩儿。估计她不过十六岁。我对年龄、日期总是搞不清楚。如果这次猜对了，那就是例外。她手里一直拿着枪，不过已经不对着我了。她问本："找到那个家伙了吗？""哦，那个老小子已经走了，"本说，"算他走运，豁出命从河岸那边溜走了。我从来没见过一个人为了抓住自己的马，能把一块地踩踏成那个样子。真想看看他被金合欢树根绊倒的狼狈相。"我说："本，那个警察没有进屋。""我知道，"本说，"快吃饭吧。我可饿坏了，能吃掉半头小公牛。"我说："剩下那半头我吃。"迪兹又把步枪立回到门后。那是一支单发枪。也就是我经常说的那种只给你一次机会的玩意儿。

本和迪兹差不多一样高。只不过他膀大腰圆，比她壮实。

长得也没她好看。迪兹皮肤不像罗西那么黑，因为她父亲是白人。我比他们俩高两英寸。但我不像本那样虎背熊腰。我喜欢自己的身材。从来没有人说过本·托宾长得英俊。你也能看得到，他一直被人说三道四。看到他我非常高兴。我不知道，如果丹尼尔还在这儿，我会怎么办。更糟糕的是，如果丹尼尔进了这个屋子，和我一样躺在地板上睡觉，会发生什么事情？所幸，我把他成功地"排除在外"，没有让此类事情发生，没有把我和本的关系搞糟。看到本和迪兹两个人在一起说说笑笑，嘀嘀咕咕，我明白，和我们离开丛林之前相比，我和本之间许多事情已经变了。我很想把我对艾瑞的感情告诉他们，但心里清楚，我不会说了。可以前，无论想到什么，我都会毫无保留地告诉本。这应该是一大变化。当然，还会有别的变化。我这样说，并不是强调我们已经变成陌生人。恰恰相反，我从来没有忘记对他的爱，只是现在情况不同了。我尊重这种变化，什么也没说。

本说："你烧的水在哪儿呢？鲍比。我快渴死了，就等着喝茶呢！"我出去捡了些树枝，在厨房生起火。厨房旁边堆放着本劈好的一堆杉木样子，我拿起几块，放到炉膛。木头发出哗哗剥剥的响声，一股好闻的烟气，在最后一缕曙色中升起。

本走过来，把几块新鲜的排骨放到不锈钢盘子里，一边用那根旧变速杆翻动，一边抽烟。他说："老道森杀了一头小牛犊。"我们俩站在那儿，看排骨被烤得嗞嗞直响。他说："你那个警察不会藏在附近什么地方吧？"我说："他要么淹死，要么累得筋疲力尽，要么已经回家搂着太太睡觉呢！"

暮色降临，迪兹点着煤油灯。本拿出半瓶朗姆酒，我们俩一边喝，一边听他吹他那把德国和莱牌口琴。本一直喜欢吹这把旧口琴，还喜欢东一句西一句地唱歌。那些歌都很忧伤，唱就要离开人世的牛仔，唱他们如何失去心爱的姑娘，如何与母亲梦中相见，或者被吊死以及诸如此类的伤心事。我很喜欢听他唱歌，虽然自己从来不唱。迪兹拿起本正雕刻的马头让我看。本说："这是我雕刻的第三个马头。迪兹不喜欢那几个，让我再雕一个。迪兹是个喜欢吹毛求疵的女孩儿。她要我给我们小宝宝的摇摆木马做马头。我说："小宝宝如果是个女孩儿呢？""如果是个女孩儿，"本说，"我们还管她叫鲍比。鲍比是个好名字，男孩女孩都能叫。我以前没想到这一点，可是现在看明白了，确实有道理。"本永远有理。

迪兹咯咯咯地笑着说："我差点把你像打兔子一样打死，

鲍比·布鲁。"我说："我可一点儿都不在乎，迪兹。""你知道吗？"她对本说，"我枪口对着他的眼睛，他还朝我笑，好像我给他挠痒痒呢！"本放下口琴，说："这就是鲍比·布鲁，迪兹。你不可能用枪吓住他。"他朝我做了个鬼脸，又去吹他的口琴，几乎闭着眼睛，伸出右手去拿朗姆酒瓶子。迪兹站起身，走到本身边，在他大腿上坐下，头靠在他肩膀上。本伸出左臂，把她搂在怀里。我从来没有想到过本的心灵深处还有这样柔软的部分。我看在眼里，很为他高兴，不过想起自己这辈子最了解、最亲近的朋友又有"新欢"，还是生出一丝淡淡的忧伤。可以说，那一刻的本，是我见到过的最幸福的他。

他又放下口琴，问道："你打算什么时候成家，鲍比？"我说："等做好准备之后。"迪兹说："你心里有人了吗？"我站起身，走到门外，对着一棵紫荆花树的树干撒尿，听见他们俩开心地大笑，口琴声在夜幕下消失。

一弯新月升起，"老娘"在院子那头望着我。它晃着脑袋，哼哼了几声。"好了，"我说，"我们这就回家，别不耐烦。"我站在朦胧的月光下，听见本又吹起口琴，心也跟着音乐的旋律跳动。我一直觉得从远处听，口琴的琴声更加优美动听。那琴声有一种奇妙的东西，让我想起孩提时代、青年时代，想

114

起我们在丛林里度过的美好时光。我又回屋，拿上我的东西出来，给"老娘"备好鞍子，牵到前门口。再进屋的时候，本说："我看见你往门口的水洼里垫土了。"我说："没事找点活儿干呗。"

他又吹了两个音节，然后把口琴从嘴边拿下来，把手臂从迪兹的身下抽出来，转过脸朝我笑了笑。煤油灯昏暗的灯光下，他显得英俊潇洒。在男人眼里他很英俊，在男人眼里他也可以很丑陋。本就是这样。看见我以这样一种发自内心深处的温柔看着他，他脸上露出微笑。他说："我袋子里有一样东西，会给你那位警察一个小小的惊喜。等圣诞节的时候，我给他。不过我得先让他吃点苦头。你看到他吃苦头了吗？鲍比。"我不太愿意听他这样说话，想赶快离开。这还是本第一次和我提起这事儿。我说："我没有觉得他在吃苦头，本。我认为，在他看来，你们俩之间的恩怨已经了结。"本平静地说："你这么看？我不认为这是你的真实想法，鲍比。你那个警察平白无故就把我送到斯图尔特监狱，我还欠这个傻瓜一笔账呢！你不觉得我应该还债吗？鲍比·布鲁。听我说，"他继续说道，"我不会像迪兹那位罗西姨妈那样，让你偿还'虚假债务'。"

迪兹插嘴道："你把她的儿子奥兰多打了个半死，她现在找你麻烦，也不算'虚假债务'。那是真正的债务。我对你说过，去跟她谈谈，告诉她，你愿意还她这笔债；让她知道，奥兰多可以回家，你不会再招惹他。她因为你失去儿子。这笔账她永远不会忘记。你了解我们那些老人。他们的报复心很强。这一点，你是知道的，本·托宾。只要罗西姨妈活着，她就要找你的麻烦，除非你去见她，把这笔欠债了结。我敢保证，她正用古老的莫里咒语诅咒你，直到把你干掉。她就是这么做的。"

迪兹这样直截了当地告诉本应该如何处理这件事情，给我留下很深的印象。我觉得这个姑娘很有见地，意志力很强，觉得怎么做对，就坚持做下去，对她不由得肃然起敬。本只是笑了笑，又去吹他的口琴。琴声悦耳，低沉，悲凉。但他在听迪兹说话，边听边半闭着眼睛，摸她的胳膊，从肩膀摸到胳膊肘，再从胳膊肘摸到肩膀。你不知道他在想什么，是想和罗西把事情摆平，还是根本就不在乎她的诅咒，非得让她看看她那玩意儿灵不灵。这就是本。我看见他听迪兹说话，并不打断她，只是轻轻吹着口琴。琴声仿佛来自很远的地方，为她伴奏。她摸了摸他线条坚毅的面颊，轻声说："你真是个怪人，本·托宾。没人了解你。"她转过脸，看着我。"我说的对吗？

鲍比·布鲁。"

迪兹说完话，本睁开眼睛，看着我，说："你那个警察把我弄到斯图尔特监狱之前，我没有犯罪记录，鲍比。可是现在，我成了有前科的人了。干草山的人认为我是罪犯，避之唯恐不及。难道不是这样吗？"我什么也没说。记得，那天本被抓到斯图尔特监狱的时候，他好像一点儿也不在乎。可是现在看，根本不是那么回事。他说："好像理都在他那边，我一点儿理也没有。我们俩从小一块儿长大，你什么时候见过我，被别人说三道四的时候，能一走了之？"他又像先前那样咯咯咯地笑起来。我看着他，嘴角露出一丝微笑。因为他那满脸坏笑告诉我，他还是从前那个本。历经岁月磨蚀，没有丝毫改变。我真不敢相信。他这种充满威胁的、刻薄的笑比他说要狠狠打击他的敌人还有威力。

我听过他这样笑许多次，但不知道该如何描绘那笑声。哈—哈—哈！那好像是说出来，而不是笑出来的声音。他的目光像刀锋一样犀利，没有丝毫的快乐。恰恰是与真正的笑相对立的某种情感的爆发。我知道，他是什么时候学会这样笑的。我自己不会这样笑，也不试图这样笑。这种笑发自他内心深处的坚硬，那是孩提时代，他父亲的馈赠。父亲死前最后一次打他之后，他第一次发出这样的笑声。往事历历在目，好像就发生在昨天。我们把一大群公牛赶到多宾车站围栏。天快黑了，突然下起雨来。大伙一点儿也没有预料到这突如其来的大雨，都被雨水浇得很湿，加上又饿又累，都急着赶快把最后一栏公牛赶进货车车厢。可是那些家伙没那么老实，大伙儿费了好大劲儿也未能如愿。这时候，不知道本做了什么，惹得他老爹大发雷霆。我和父亲听见他大声叫骂着，扑过去打本。那时候，本的父亲年纪已经大了，没有力气把他打倒在地。本的个子已经长得老高，站在雨里，任凭父亲打他。不一会儿，老爹就剧烈地咳嗽着，喘不过气来。他抓住本的衬衫，又咳又喘，好像马上就不行了。本直挺挺地站着，任凭老爹厮打，血顺着面颊流下。他的帽子被打落在地上，雨水和着围栏荡起的泥土在脸上流淌。长发一缕一缕地贴在头皮上。暮色中，本看起来就像鬼。他在微笑，露出洁白的牙齿。本一辈子也没有朝殴打自己的父亲举起过拳头。他总是默默地忍受着父亲的拳脚，好像内心深处有人告诉他，这都是他应得的。本的父亲松开他，咳嗽着浑身颤抖，跪在地上，双手抓住本的斜纹棉布外套。本一动不动站在那儿。记得他没有低头看父亲，而是眺望着最后一围栏从丛林里赶来、还没来得及装上火车的发了疯的公牛。本没有扶父亲站起来，也没有走开。突然他仰天大笑，那笑声听起来十分可怕。老父亲弯腰曲背跪在地上抽泣，肩膀因为虚弱和绝望剧烈地抖动。那是一种巨大的痛苦，一种无法和儿子和解的痛苦。那年，他死于癌症。我最后一次去看他的时候，他瘦成皮包骨，眼窝仿佛两个洞，面颊塌陷下去，几近骷髅，看起来很害怕。我从来没有想到本的父亲也有害怕的时候。现在，我发现他怕死。他身上的气味让我一阵阵反胃。这是他在多宾货场围栏打本后五个月的事情。

　　我和父亲站在那儿看那一幕，直到最后。当那笑声从本的胸腔迸发而出，我知道我的灵魂深处有什么东西被冻结。哈—哈—哈！那是本和父亲相互折磨而发出的笑声。他们就是这样一对父子。如果你像我和我父亲一样了解他们，就能理解这一点。这笑改变了本。但是对此，我们讳莫如深。这就是本和他父亲。我们把那些笨头笨脑的小公牛往车里赶。这就是我们干的活儿。它们吼叫着，伸出锋利的角，在跳板上相互顶撞。愤怒和被关到"笼子"里的屈辱在心底燃烧，公牛把车厢弄得哗啦哗啦直响。它们知道，再也不会在山岭上、丛林里自由自在地漫游了。对于它们，一切都已经结束。你可以从它们的咆哮中听出怨恨。有些自以为是的人说动物不懂得死亡。其实不然。我看见过牛在好多年前另一头牛倒毙的地方一边使劲用蹄子刨地，一边仰天长啸的情景。尽管那里只是一片空地和野狗撕扯后留下的散乱的白骨。是的，动物很清楚死亡意味着什么。本的父亲在铁路终点站多宾货场围栏打儿子的那个夜晚，那些小野公牛嗅到了空气中死亡的气息。此刻，煤河岸边，迪兹坐在他的怀里，肚子里怀着他们俩的孩子，他的笑声不是那种坏笑。我看到他柔和的目光，所以我微笑着看他。似乎告诉他，他的笑和以往不同。我说："看事情怎样发展吧。"

　　我和本、迪兹在煤河边待了一天。整整一晚上我们唱歌，吹口琴，喝朗姆酒，吃烤羊排。我看到，本会是一个好父亲，永远不会像父亲打他一样，打他的孩子。我看见他摸着她的肚子，闭着眼睛吹口琴。我知道，没有人能抵抗住真爱。我担心自己和艾瑞永远不会享受到本与迪兹那份幸福。

　　我说："那个警察没有理由再跟你过不去了，本。他已经不再追究了。如果你也不再追究，你们之间不会再有麻烦。"我站在门口，准备骑着"老娘"，穿过夜色，穿过丛林回警务站。一个人夜行丛林是我最喜欢的事情。本伸长胳膊，一边把快喝干了的朗姆酒瓶子送到我面前，一边唱他经常唱的那几首歌中的一首。是哪一首，我已经忘了。反正是一首关于死亡、回家的很悲伤的歌。我从来不唱，所以不记得是什么歌了。他说："喝了，老伙计。今天夜里你要骑着你那匹野马走长长的路呢。"迪兹抚摸着他的脖子，又亲了亲手指摸过的地方，好像要在他身上打下一个印记。

我接过瓶子，喝了一大口，然后还给他。我说："你知道，'老娘'可不是野马。"他把瓶子举起来，对着煤油灯看了看，把剩下的四分之一英寸朗姆酒一口喝干，放下瓶子，转过脸看着我微笑。"我真不喜欢你身上那件警察穿的衬衫，鲍比。你穿着不合适。""哦，对你确实太糟糕了，本·托宾。"我们俩都笑了起来。我回转身，走到院子里，翻身上马，吆喝了一声。月光下，"老娘"撒开四蹄，穿过那一片空地，向河岸跑去。"老娘"知道我要干什么。它从河岸纵身一跃，跳进湍急的河水。我又吆喝了一声。我知道这匹母马绝对不会拒绝我的指令。它勇敢，而且判断能力极强，抵得过本·托宾十匹公马，他自个儿也知道。他的马肌肉发达。不过只是肌肉发达而已。这一点我看得很清楚，坚硬，有韧性，像本，但是僵硬刻板。这一点不适合我。我喜欢以一种出其不意的方式激发出野牛秉性中更好的一面。我可以对"老娘"这样做。这匹母马对我言听计从。我不喜欢人家叫它野马。我在河那面又大喊一声，好让本知道我们已经顺利跨过煤河。我觉得这样离开他很好，就好像临别时跟他说了一句很聪明的话。我和本之间很少有这样的情形，通常总是他最后说点儿俏皮话。不过这次我占了上风。我纵马向前，很有点沾沾自喜。

从煤河出来上岸之后，"老娘"使劲抖动了几下，把身上的水甩掉。我担心鞍具会从它背上滑落下来。甩完之后，它又仰起脖子晃动了几下脑袋，把马嚼子弄得叮当作响，让我知道它已经做好上路的准备。皎洁的月光下，长岭和艾森山在夜空勾勒出的山影宛如巨大的马鞍，渐渐融入茫茫无际的金合欢树林。我抖动缰绳，"老娘"朝那林莽走去。它知道我们要去哪里。它走路的步态十分平稳。任何一匹马都无法和它相比。"老娘"绝不会"马失前蹄"。需要拦截什么牲畜的时候，它可以左冲右突，穿梭在粉绿相思树之间。而通常我们追赶、拦截的都是头上长角的老母牛。这些半路逃跑的家伙都知道把它们赶到围场之后，等待它们的将是什么。人们都说，野牛非常狡猾，可是再狡猾，"老娘"也能追上它们，就连那些速度最快的家伙，也能被它赶回来。我不想吹嘘这匹马多么能耐，可是一有机会，还是忍不住要夸它几句。好多人想买它，都被我拒绝。这从另一方面说明，不是光我说它好。大家经常问我："你为什么不趁它年轻，让它下个小马驹？"可我不愿意和它离别十二个月。道森的牧场有过一匹纯种阿拉伯小公马。有一段时间我也动过念头让"老娘"和它交配，但一直没有付诸实施。现在再想这事儿已经太晚了。"老娘"和我形影不离。那时候，对于我，只要和"老娘"在一起我就心满意足。我打心里就不愿意，让它在道森那儿待那么长时间，我骑别的马干活儿。"老娘"是我的马，且首先是我的朋友。让它生儿育女可不是我的初衷。我不认为它的日子因为无儿无女就比别的马差。

月光下的丛林是最美的景色。我也最愿意单人独马在丛林里穿行。几只袋鼠一直直盯盯地看着我们，直到两帮"人马"擦肩而过。我回转头看它们，它们也还在看我。一个老父亲，三个妈妈，两个小宝宝。它们没有见过几个骑马人这样堂而皇之地穿过丛林，我估计，在它们眼里，我和"老娘"就像马戏团的小丑。我虽然走的是捷径，但并不着急回警务站。我得留点时间给自己。我知道，孤独是我最好的伴侣，而你如果就此和我争论，肯定是赢家。我想起本、迪兹和他们的孩子，他们的幸福。我知道，对于我们——我们三个人的生活这很重要。和过去相比，这是很大的进步。有时候，事物是需要发展变化的。我将是他们的孩子值得骄傲的叔叔，我将尽最大的努力，表达对他们的敬意。在我的未来，这是一件好事，让我思考。我知道，我已经爱上了他们三个人。我纳闷，我最好的朋友本，怎么突然之间就变成了三个人，而我爱他们三个人。

一小时后，我和"老娘"来到白人还没来这一带之前，"默里老人们"摆下的石头阵。灌木林在我眼前戛然而止，一块很大的空地在星光下泛着白光。这种活动场所上方的星星比别的地方都亮。我虽然不知道为什么会是这样，但每次看见，心还是会被触动。我会驻足不前，站在那里，满腹狐疑地看着灿烂的星光，突然之间意识到，丛林人的生活里有许多你根本就不了解的东西，或者不具备的知识。尽管你和你的父亲在这里度过一生，或者说几乎度过一生。

"老娘"停了下来，四条腿仿佛钉在地上，耳朵竖起来直指苍穹，昂着头，浑身一阵震颤。马比人的视力强得多。骑手看不见的东西，马早早地就能看见。它们用耳朵和骑手"说话"。如果"老娘"突然停下，总有它停下的理由。有一天，我们赶着一群牛往库兰河那边的水塘走。水塘里的水满满的，周围有许多前来饮水的牲畜。我和"老娘"一动不动地站在那里，直到看清楚它为什么要停下脚步。半分钟后，一条我从来没有看见过的巨大的棕伊澳蛇[1]从眼前爬过，蛇皮在阳光下闪闪发光。那是这种蛇在黄金生育期特有的霓虹般的光彩。大蛇爬过去之后，我压低嗓门儿对"老娘"说："你做得对，必须给这个家伙让路。"人或者马如果被处于繁殖期的棕伊澳蛇咬了，绝对不会活下来。不管怎么说，那条毒蛇总算老老实实地爬过去了。这种蛇是我知道的最具进攻性的毒蛇。它们不会像别的蛇那样，爬到一边，给人或者马让路。从那以后，我一直在想，那一次与这条毒蛇狭路相逢，"老娘"是不是对未来要发生的事情有了预感？最终，它还是被棕伊澳蛇咬死了。可是那天，它比我早好长时间就看见那条大蛇，而且把"路权"让给了它。蛇或许对它说："总有一天，我还会碰到你，老马。"其实它并不老。不过那时，为了表示尊重，人们对不太老的人也尊称为老。现在不同，称呼你老，只有一个意思，你真的老了。

在灌木林里野化了的牛对什么都好奇，把石头踢得到处都

1　棕伊澳蛇：全球第三剧毒的蛇。

是，弄乱了"运动场"的图案。不过大体上，还看得出原来排列的次序。我们身后，有一条野狗在嚎叫。这条母狗一定像那个袋鼠一样带着几只幼崽，不过它更狡猾，先是藏了起来，然后溜到后面，跟了我们一段路。不知道"默里老人们"采取了什么措施，枝繁叶茂的灌木没有再"蔓延"到"运动场"，这块空地还能在一弯新月下发出幽幽的光。但他们总归有办法，只是其中的奥妙像别的秘诀一样已经失传。从海岸来的人以为他们什么都知道，但我认为，别说他们，就连我们现在对这块土地的了解也比父亲小时候少了许多。这块空地白天太阳照上去的时候没有什么变化，只有在繁星满天的时候才会发光。我坐了一会儿，看那块神圣的土地，心里明白，其实对它一无所知。我沿着"运动场"的边儿，绕到对面的粉绿相思树林里。我不想骑着马从"运动场"走过，那有亵渎神明之嫌。

我们过去叫作红墙的地方，有一块面积不大的天然的空地。我知道，红墙后面有一个水质很好的水坑。我从水坑里舀了半锅水，放到火堆上烧。我蹲在火旁边，往锅周围添树枝，直到茶水烧开。我放开"老娘"，让它去吃草。它似乎不感兴趣，只是站在我旁边，让脑袋笼罩在烟气中。它喜欢这样，似乎总是知道要发生什么事情，从来不会远走。喝完茶之后，我躺下来，脱下外套，枕在脑袋下面，一边抽烟，一边透过头顶粉绿相思树枝叶的空隙看天上的星星。此时月亮已经移到煤河那边，天空晴朗，星星仿佛绕着我旋转。我就这样望着宝蓝色的星空，躺了许久，想着遥远的星辰，想着心里的烦恼和即将面对的种种，特别珍惜这里的安谧与宁静。母亲把手放在我的头上，嘴角挂着一丝惨淡的微笑。她说，尽管我没有和她的救世主对话，但她看到我在为我爱的人祈祷。"你不必直接和主说什么，"她说，"你对他祈祷，他便知道了一切。"

身后的枯枝败叶发出窸窸窣窣的声音，有什么东西向红墙爬行。"老娘"抬起头，向那边张望。一个人待在丛林里的时候，我总是觉得心里特别平静，所以不急着回警务站。我喜欢听小动物们夜半时分发出的种种响动。它们丝毫没有注意到我的存在。这里有一种我在我那个房间的小床上得不到的安宁。每个地方都有它自身的平静和自身的麻烦。在我行将就木之前，我一定要找到一个真正的安宁之所在——除了死亡。但是我不会在此时此地说出来。到时候，再说吧。那天夜里，我只想着成为迪兹和本的孩子的"鲍比叔叔"，想着我也有个家。也许有一天，我和艾瑞会和他们一家聚在一起，只有我们五个。谁知道呢，也许是六个。我没有想到死亡。

有人推我的肩膀，我从梦中醒来，以为是一位陌生人的手在推我。其实是"老娘"用鼻子蹭我。我坐起来，伸出手摸了摸它的鼻子，它闪了闪，把头挪到旁边。"好了，"我对它说，"我们现在就回家。用不着你叫我。"我已经忘了刚才做的那个梦，只记得走到一条隧道的尽头，往左往右都没有路。只能一直往前走。可是隧道越来越窄。我相信有人跟我在一起，可是不知道是谁。那人在我左边，但只是一个影子。如果我说是艾瑞和我在一起，一定是我自个儿编的。不过倘若是艾瑞，我也绝不会惊讶。因为我希望她和我在一起。但毫无疑问，我不会这样说，因为我不想编故事，只想说实话。我不喜欢这样的梦，站起身，甩了几下脑袋，想彻底走出梦境。月亮已经西沉，幽幽的光在丛林里闪烁。我一定睡了一个多小时。火已经熄灭，余烬将最后一缕青烟送到寂静之中。我从火堆旁边走开，让它慢慢变成死灰。我觉得比睡觉之前还累，仿佛已经到了一个终点，还不知道未来会是怎样一幅景象。我觉得现在只有自己。这样想似乎不合情理，但我就是这样想的。心里就是有这样一种感觉，至于为什么会有这种感觉不得而知。我紧了紧马肚带，翻身上马。缰绳松松地牵拉着，"老娘"沿着"红墙"走着，我在马背上打瞌睡。我忘了自己在想什么，但不会想得太多。

　　父亲告诉我，"红墙"是"默里老人"们去"运动场"参加大聚会时的路线之一。那铁锈色的岩石和地面呈倾斜角矗立着，好像有什么力量把它从地下推到地面。我想其实就应该是这样。小时候，我每次从这里走过，都希望看到这墙又长高了一些。有的地方，最高处可以达到八英尺，或者九英尺高。有的地方又完全消失，钻到地下。我经常从马背上跳下来，和石头比个儿，看我高了，还是墙高了。我问父亲："它明明在地下，怎么管它叫墙？"父亲说："它就是墙，鲍比。是墙。"我没有再问。这堵墙会毫无来由地突然之间又冒出来，在灌木林里时而消失，时而露头，绵延几英里，也许是十英里，仿佛为了探出脑袋呼吸一口新鲜空气，或者看看走到哪儿了。那些红颜色的石头貌似互不相干，但是如果了解这块土地，你就明白那只是岩石天然组成的同一走向的大墙的一部分。如果你愿意，可以沿着它一直走下去，或者停下脚步到红墙那边去。你总可以靠那些红颜色的石头辨别方向，弄清楚自己身处何方。我不知道那石头的名字。也许丹尼尔的书里会有，但我从来没有想过要去问他。我只知道，它会钻到地下，然后再钻出来。这也正是父亲想让我知道的。我是身临其境得出这个结论的，没有刨根问底地问父亲。他的两种说法都对。事实上，父亲很少出错。对于自己不了解的东西，他很少发表意见。我从来没听过他像母亲那样说救世主。我从来没有直接问过他，但我相信他内心深处有自己信仰的宗教。他尊重母亲的信仰，从来不在这个问题上说三道四。如果你问他一个问题，他不知道该如何回答，他就让你自个儿去琢磨。这是你唯一能够从他那儿得到的答案。父亲特别看不起那些对什么事情都要发表一番议论的人。在齐勒开的酒吧喝酒的时候，父亲和本的父亲总是把酒端到走廊里喝，远远地躲开那些高谈阔论、喋喋不休的家伙。父亲对母亲感情极深。他们俩之间只需一个会意的微笑，便明白对方心里的想法。

"老娘"突然停了下来。我睁开眼睛向四周张望，说："看见什么了？老伙计。"它一动不动站着，似乎告诉我，它看到了什么，应该停下。我眯细眼睛，看见前面星光照耀的泥地上有马走过的印迹。翻身下马，定睛细看，认出是"最后的胜利者"留下的蹄印。因为我前几天给它钉过马掌。自个儿干过的活儿走到哪儿都能认出来。我觉得，丹尼尔不可能在丛林里辨别方向，凭他自己不会穿过那一片粉绿相思树找到红墙。但是"最后的胜利者"能找到回家最近的路。在这条路上跋涉，丹尼尔一定已经累得筋疲力尽。我对此确信无疑。我沿着丹尼尔那匹马留下的踪迹走了一段，直到发现他们向东而去。顺着那条路走大约一英里，就能找到去干草山的路。我没有跟他们走，而是掉转马头，直到又看到"红墙"。我用不着靠"红墙"判断身处何方，但是我喜欢走这条路。我相信，"最后的胜利者"会把丹尼尔平安送回家。早晨，我倒要看看，丹尼尔会不会承认自己迷路，或者只字不提？我特别希望用这件事情检验检验他。丹尼尔总是标榜自己多么正直。我不止一次听到他对艾瑞说："在这个世界上，撒谎帮不了你任何忙，小姐。"丹尼尔用这种口气说话的时候，艾瑞漂亮的脸蛋儿就会变得难看。她紧紧地抿着嘴，一双眼睛轻蔑地盯着父亲。倘若丹尼尔看了，一定会如芒刺背。事实上，他肯定看到过。看得出，艾瑞长大了，会是个很难对付的女人。现在她已经很强，只是积蓄力量，引而不发罢了。我认为，如果觉得说真话会给自己带来麻烦的话，她一定是个撒谎专家。谎言在我们生活中有一定的位置。谎言也有好坏之分。我们将拭目以待，看丹尼尔今天如何说这件事情。他是要撒谎，还是讲这件事情的时候半真半假？在我看来，后者更糟，因为人的弱点之一就是难辨真假，还不如干脆都说假话，省得让人家费心劳神地猜。爱真假参半的人遇有压力时说的话不可相信。他们总会沿着对他而言最容易走的那条路走。这种人我屡见不鲜。想到在这种情况下，丹尼尔会是怎样一番表现，我很惬意。艾瑞会和我一样密切关注她父亲的表现，然后我们俩会心地对视一眼。我确实很喜欢我和艾瑞之间这种心照不宣。在我们的生活中，言语常常显得多余。我们都知道对方内心深处想的是什么。

我骑着马从丛林里回来的时候，迪普没有汪汪汪地叫，而是从储水罐下面走过来，在院子里迎接我和"老娘"。我从"老娘"身上取下马具，用鞍褥顺手擦了一下它身上的汗水，给了它一勺燕麦，然后把它赶回到马围栏。别的马凑过来，想看看能跟它分享点什么。"老娘"耳朵朝后耸了耸，把它们赶到一边儿。

我回到小屋，脱了衣服，钻到毯子下面。睡不着，躺在床上觉得血仿佛流到体外。力量和希望也都随之而去。疲惫完全控制了我，我觉得自己好像有半吨重。小床的弹簧经不住身体的重压，塌陷下去。以前从来没有这种感觉。我睡不着，思绪万千，宛如雷电在连绵的山岭闪烁。可又没法告诉你，那思绪是什么？那不是我的思想，而是我不了解的什么东西的思想。

躺在那儿，我仿佛在不停地旋转，又没有力气让这种旋转停止。我知道，是孤独包围了我。在丛林里，我从来没有这样的感觉。迪普走过狭窄的走廊，爪子发出啪嗒啪嗒的响声，然后卧在门口，脑袋放在爪子上，看着我。一双漂亮的眼睛满含善意，在黑暗中闪闪发光。我对它说："我觉得很不舒服。但是没法告诉你为什么？老伙计。"它以狗倾听你说话时那幅专注的样子倾听，眉毛和耳朵颤动着，传达它的感情。也许狗真的没有思想，但是狗有感情，这一点毋庸置疑。这是另外一个话题。我的父亲不会对此发表意见。

公鸡的啼鸣把我从梦中唤醒。天已大亮，热浪穿透小屋的纤维板墙壁扑面而来。我坐起来，梦境随之而去，到它该到的地方去了。迪普离开走廊，不见踪影。艾瑞一定在喂鸡。这是她上学前要干的第一件家务事。艾瑞通常不来这儿找我。因为我总是起得很早，不等她起床，就已经在院子里干这干那了。不过今天早晨，她或许会跑过来偷偷看看我是不是已经回来。我心里有一种很不安宁的感觉，挥之不去。我站起身，穿好衬衣和外套，穿上靴子，戴上帽子，穿过走廊，向警务站走去。

埃斯米正站在炉子前面煎鸡蛋。艾瑞和米里亚姆坐在桌子旁边吃麦片粥。我从纱门走进去的时候，她们三个人都抬起头看着我。米里亚姆斜着眼睛瞅了艾瑞一眼，嘬着嘴，像平常那样，一脸的不高兴。我常常感到惊讶，艾瑞从来都不生妹妹的气，恰恰相反，她总是悉心照顾她，对她的感受格外体谅。换了我，可没那么大的耐性。有一次，我看见米里亚姆狠狠地打了艾瑞一拳。艾瑞疼得龇牙咧嘴，可是没有还手。听孩子们说，艾瑞在学校也是妹妹的"保护神"。她们俩就是这样，年纪大的照顾年纪小的。不过并非家家如此，哥哥查理就没有照顾过我。埃斯米微笑着对我说："早上好！瞌睡虫。"她把早餐端到桌上，让我坐下来，吃咸牛肉，趁热吃鸡蛋。"鸡蛋凉了不好消化。"她说。

我看出埃斯米不打算提她错误判断罗西对本指责的事儿，她要装得好像什么也没有发生。真的就是真的。反正大家都心知肚明，说不说都一样。不过我对她还是有点失望，不知道她是不是还我当成朋友。我已经注意到，她有一段时间没让我给她读课文了。我谢过她端给我的早餐，问："谁给橱柜刷油漆呢？"埃斯米说："你喜欢这个颜色吗？"厨房里的橱柜门都大敞着，油漆味儿扑鼻而来。柜子里的瓶瓶罐罐、杯盘碗盏都拿出来放在长凳上。橱柜刚刷了一半，是那种刺眼的蓝色，比我见过的任何天空都要蓝。以前，这个柜子是暗绿色，已经斑斑驳驳。我说，很喜欢这个颜色。听了我的话，艾瑞笑了起来。"鲍比的意思是，他不喜欢这个颜色，妈妈。"她说，朝我这边看着。我和她对视着，那种目光包含的内容除了我们俩，别人都不会知道。看到她的目光，一股感情的浪涛流遍全身，连胃也翻腾起来。我连忙喝了一口茶，压了压吃下去的早餐。谁也不能像艾瑞这样让我无法自持。我的脸涨得通红，在心里暗中祈祷，别让埃斯米看到这种变化。艾瑞看到她的话在我身上起到的作用，高兴得哈哈大笑。米里亚姆却非常讨厌我。不过我不在意。"等刷完柜子，妈妈要把墙壁刷成翠绿色。"艾瑞说。我看出她是故意说怪话。

　　埃斯米端着自个儿的早饭走过来坐下。她喝了口茶，环顾厨房四周，仿佛在她的世界里，一切都那么宁静，让她心满意足。埃斯米原意是自己那个世界的主人。"哦，"她说，"这儿的东西都需要换个新面貌。我看你爸爸根本就不想这事儿。"这话在我听起来，好像她已经拿定主意要在这儿待下去，要真的把干草山当成他们的家。因为现在她已经不怕丛林里游荡着专门加害于年轻妇女和姑娘们的凶残杀手了。我什么也没说。我在许多方面都喜欢埃斯米·柯林斯。她意志力很强，是个女汉子，不由得你不佩服。但是，那一刻，我也觉得，她无法理解那些和她不同的人。后来，我也没有理由改变自己这种看法。这种看法是自然而然形成的，我也很惊讶。她不是那种不善良的人。她很慷慨，乐于助人。我知道，在心底，她并不把我当作和她以及她的家人完全平等的人。我对此很气愤。这本来就是一件让人气愤的事。真希望母亲能来纠正她的看法。当然这是不可能的事。父亲更不会为埃斯米·柯林斯多费唇舌，浪费时间。他会拂袖而去，任凭她折腾。这些我都知道，但我在这些事情上不像父亲那样头脑清晰。我总是看别人最好的一面。总是愿意相信，内心深处，他们是好的。父亲对这种看法嗤之以鼻。

我只顾吃饭，想心事，没注意到艾瑞一直用脚轻轻地踢我的靴子，直到她又踹了我一下，才抬起头看她。她抿着嘴，半是微笑，半是一种很难言传的表情。她目光闪闪，很是严厉。好像希望我当着母亲和妹妹的面说点什么。她在吓唬我。以前我还从来没有见过她用这样的目光看人。她使劲踩着我的靴子，直到我不得不拿开脚。我的心在胸膛里乱跳，面颊发烧。一半是因为害怕，一半是因为兴奋激动。埃斯米发现我身上的变化，目不转睛地看着我。"哦，"她说，"对不起，鲍比。我又忘了把咸牛肉上的肥肉留给你了。大概是喂迪普了。"她在笑，并没有因为把牛肉上的肥油喂了狗而不安。我想，如果她看见餐桌下面丈夫的助手和女儿正在搞什么鬼名堂，一定笑不出来。

艾瑞从来没有对我这样"肆无忌惮"过。这是我们友谊新的转折点。不知道我们是否还能回到原来，不必为这个转折点而非去做点什么。我现在还没有这个意向。恐怕艾瑞不会再让我把她当小孩儿看，而是坚持我们之间有一些别的什么东西。到底是什么东西，她自己心里有数。不过如果真的心里有数，也是懵懵懂懂，说不太清楚。只是一种感觉。刚才，这种感觉或许很强烈。刚才，我还是把艾瑞·柯林斯当孩子看，我希望我们之间的关系一直沿这个方向发展下去。我瞪了她一眼，好像我是她的老师。我清了清嗓子，说："没事儿，柯林斯太太。"她把手放到我的手上，对艾瑞和米里亚姆说："哦，亲爱的，我让我们的鲍比心里不舒服了。我能看得出。"我想对她说，我不是你的鲍比，柯林斯太太。我是我自己的鲍比，不是任何人的。当然，只是想想而已。不可能说出来。

丹尼尔从警务站回来，和平常一样，穿着刚熨过的衬衫，脸刮得干干净净，头发梳得溜光，皮带亮光闪闪，警徽擦得锃亮，就像刚发给他似的。他看见我在餐桌旁边坐着，道了早安，走到水池旁边，洗了洗手。他没有提本、迪兹，也没有提是否给道森打过电话。我以为他一定会问我有没有见到本和迪兹。但是他一言不发，好像我们之间有一块泥巴，已经干裂，只需有谁把它抠下来。艾瑞说："爸爸从煤河回来时迷路了。"我抬起头看丹尼尔。他甩了甩手上的水，用毛巾擦干，回转身朝她微笑。"你能替你老爹说两句话，真不错，宝贝儿。"他说。米里亚姆没有看我，但是她说下面这番话的时候，我知道她是说给我听的。"爸爸没有迷路。是那匹愚蠢的老马迷路了。爸爸自个儿找回家的。"艾瑞哼了哼鼻子，用烤面包片擦了擦盘子上的蛋黄，送到嘴里，显得很不耐烦。我觉得一般孩子是不会这样的。丹尼尔站在埃斯米的椅子后面，说："和平常一样，真理在你们俩之间。"他俯身吻了吻埃斯米的面颊。埃斯米站起身来。他一只手搭在她肩膀上，说："好了，好了，我自己动手做吧。"埃斯米让他坐下，任凭自己的早饭变凉，起身给丈夫煎鸡蛋去了。做饭是她分内的事，她不会轻易放手让别人去做。丹尼尔在我右手边坐下，只是让两个女儿赶快吃饭，要不然上学就迟到了。好像和我之间没有什么可谈的事情。

我去院子里仔细检查昨天夜里弄乱了的马具。丹尼尔过了一会儿走过来，对我说，把吉普车开来，去罗西·葛娜帕家，告诉她我们已经找到迪尔德丽，她挺好，没事儿。我说："迪兹比挺好还好。她和本已经怀上孩子了。"丹尼尔说："是吗？听到这个消息我很高兴。"不过，听起来他并不高兴。

　　我开着吉普车向罗西家驶去。路上，想起吃早饭时，艾瑞的情绪显示出一种东西，这种东西和本对我的情感极为相似。满怀柔情却又不知道能柔情满怀地走多远。也许她被这种情感怎么会控制自己吓坏了。就像一匹对于骑手而言太烈、太野的马，稍微抖动一下缰绳就会尥蹶子。她的目光让我害怕，这一点我真的很清楚。在遇到艾瑞之前，我总是自己感情的主人。那时候，我坚信，不管怎么说，反正我们生在了这个世界。在父亲和母亲之间，我更像母亲。我和本不一样。我看到过父亲和人发脾气，但从来没看到他和动物发脾气。我更没有看见过妈妈不能克制自己，尽管许多时候她有足够的理由大发雷霆。通常，父亲很安静，不过那是一种你得当心点儿的安静。我看到本和迪兹在一起的时候，一提起他们孩子，立刻就变得温情万种。我不知道，人真的会变，还是一成不变？怎么才能知道变还是不变呢？我脑子里装满了问题，却不得其解。我只顾想这些事儿，该拐弯儿的时候没拐，只好掉转车头，冒着自己扬起的尘土，原路返回，向小镇驶去。

两个女孩儿下午放学回家之后，我就去找艾瑞给我上阅读和写作课。我心里没底，不知道和她一起会是怎样一番情景。可她显得温文尔雅，若有所思，不像早晨那样故意捣蛋。我有一种感觉，我们之间的感情发生了微妙的变化，只是她憋在心里，不表现出来罢了。到了这个年龄段，她已经不是孩子，但还没成熟为女人。然而，心底有一种很强烈的东西在涌动。对于她，那是一种全新的东西，她不知道该如何排遣、疏导这股激荡心头的洪流。我知道，这个时候，我们特别容易做出让你终生遗憾的错事。和她一起坐在餐桌旁边上阅读课的时候，我感觉到她完全封闭着自己，为早晨情感的突然迸发而困惑。她无论什么事情都不会告诉米里亚姆。这也是米里亚姆为什么特别讨厌我的另外一个原因。我希望还能像以前那样和她相处，可是已经不可能了。摆在我面前的，只有两条路：要么一意孤行，走到底；要么立刻打住，一走了之。可是，后者，我做不到。我太珍视这份友情了。也许那时候，斩断这缕情丝就好了。从那天起我渐渐明白，生活中的任何损失都可以弥补，可是生活本身的损失无法挽回。

埃斯米站在椅子上一边哼歌儿，一边刷橱柜。米里亚姆坐在桌子那头写作业，时不时抬起头问艾瑞问题。艾瑞对妹妹很有耐心。每一次都会停下正给我讲的阅读课，回答米里亚姆的问题。我看见米里亚姆脸上挂着得意的笑，自然是因为打断我和艾瑞的阅读课高兴。艾瑞和我正在读她学校里读的书。那本书讲的是一个男人的故事。那个人在海上遇到风暴，船沉没，同伴们都在大海里淹死，只有他一个人活下来，设法游到一座小岛。我忘了那本书的书名。不过我不相信那个故事是真的，所以压根儿没有多想。书放在桌子上，在我们俩中间。艾瑞先念一段，一边念，一边用手指在句子下面画着。我的眼睛跟着她纤细的手指移动。她念完之后我念。她还问我是否明白句子里某个词的意思。我用铅笔在一张纸上抄下不会的单词，拿回小屋一个一个地背。那些单词我大都记得很牢。因为我希望自己能读书看报，也希望艾瑞能表扬我几句。或许后者占的比例更大。我也想让她觉得，她是个好老师。如果碰到不认识的单词，她就凑到我身边，压低嗓门儿告诉我如何念，好像在悄悄地说一件我们之间的秘密。我知道她会这样做。她自然更知道。我让她重复念一个单词，两个人脸上都挂着微笑，知道我的意图是什么。米里亚姆看见便叫了起来："妈妈，艾瑞和鲍比又说悄悄话呢！"埃斯米停下手里的活儿，回转头，说："这样说话可不好，米里亚姆。艾瑞是压低嗓门儿给鲍比讲单词呢。她是怕声音大了影响你学习。对鲍比好点儿。"米里亚姆朝我做个鬼脸。我并不介意这个小姑娘。朝她挤了挤眼睛，故意气她。我知道，要是我愿意，不费吹灰之力就能把她弄哭。她自个儿也知道。所以我气她一把，让她对我有点畏惧，明白如果太过分了，我不会饶了她。这样一来，我就好像给她拴了一条链子。但我知道，艾瑞永远不会被任何"链子"束缚。如果有谁被艾瑞的"链子"牵制的话，那个人就是我。事情该什么样就是什么样，抗争也没用。

艾瑞继续读：那个男人在岛上发现另外一个人留下的踪迹，才知道他不是小岛唯一的"居民"。她头挨着我的头，声音温柔而又庄重。她和我这样近距离接触，而又矜持稳重，让我非常快乐。我听她朗读，不由得想起我和爸爸从营地回家的时候，每天晚上，妈妈都给我和爸爸大声朗读《圣经》。爸爸不认字，也不爱学习。妈妈读《圣经》的时候，爸爸躺在炉火旁边听，不一会儿就酣然大睡。但我从来不会睡。我看着妈妈的脸，从她那双明亮的眼睛看到《圣经》里的话语对她具有多么深刻的意义。爸爸对自己不识字一点儿都不惭愧。进了干草山之后，如果有什么东西需要读，他就求别人帮忙。不过这种事儿不多。用不着认字，他也能把事情办好。在丛林里没什么需要读的东西。他能读懂丛林，这就够了。母亲在修道院受过良好的教育，能读能写，还会唱歌。我现在还保存着她那本《圣经》，放在小床旁边橱柜的抽屉里。用她的旧红丝绸围巾包着。我把围巾捧在手里，放在鼻子下面，闭着眼睛闻，闻得见她头发的气味。她去世后，她的气味在这块围巾上久久不散。有时候，夜深人静，我坐在床边，拿出《圣经》，放在膝盖上，一页一页地翻着。那是一本很小很小的《圣经》。比我的手掌大不了多少。纸很薄，薄得可以卷烟。我看不懂。字很小，有许多我都不认识。我希望有一天在艾瑞的帮助下能看懂这本书。其实，因为妈妈经常念给我听，许多段落我都背得下来。妈妈最喜欢的是《启示录》。

我一边听艾瑞读那个男人流落到岛上之后的故事，一边想妈妈和她的《圣经》。这时候，艾瑞脑门儿几乎贴着我的面颊，悄声说："我在丛林里迷不了路，鲍比。"我惊讶地看着她，发现她说这番话的时候很认真，便没有笑她。她目光闪闪。我压低嗓门儿说："谁都会迷一次路，艾瑞。就像你说过的那样，谁都会想一次家。"她若有所思，什么也没说，过了一会儿又悄声说："你在丛林里迷过路吗？"我说，迷过，但只有一次。"你想过家吗？"她想知道。我说，我从来没有离开大山，没有离开丛林。但是，假如有一天离开的话，我想会的。

第二部

八

　　那天夜里，我睡得很熟，做的那个梦也让我心满意足。和往常一样，皎洁的月光从那扇门照射进来。我的手放在床边，突然觉得什么东西轻轻地拍打我的手指，一下子醒了过来。那是一种很奇妙的，轻柔的拍打，就像小孩儿拍打一条熟睡的狗，看它是否活着，既怕把它弄醒，又很好奇，想看看到底会发生什么事儿。我醒来，把手拿开。艾瑞蹲在床边，穿着很短的睡裤和睡衣。她光着脚，满头秀发瀑布般披散下来。白天，艾瑞总是把自己收拾得整整齐齐，我常常夸她那亮光闪闪的头发。看见她蹲在这儿，我吓了一跳。"天哪，艾瑞！你最好在妈妈出来找你之前，赶快上床睡觉。如果他们发现你半夜三更和我在一起，会立马解雇我，赶出你家大门。"她以前从来没有干过这事儿。她站起身，往后退了几步，好像怕我突然扑上去抱住她似的。我说："嗨！我不会抱你的。"

她说："我没想过你会抱我，也不明白你为什么会这样说。"她上气不接下气，估计是因为紧张也因为激动，心里想，自己怎么会干出此等事来。她说："我们在家里从来都不能说点有趣的事儿。米里亚姆总像个侦探一样盯着我们，只能悄悄地跟你说上几句话。我想让你知道我在丛林里有多棒，鲍比。可我一直没有向你显摆显摆的机会。也许我现在还没你好，可是总有一天，我会像你一样好。我从来不会像爸爸那样迷路。我总能找到路。"她渐渐平静下来，说话的声音又显得那么勇敢。"你不认为我会是个丛林人，"她说，"我知道。你从来不和我聊这些事儿。可是，我想让你知道，就像你是个好学生一样，我也是个好丛林人。我一直跟你说，你是一个多么好的学生。我知道，你愿意听我这样说。"

　　我从来没有想过，我们俩会这样看待对方。我笑了起来，她居然会因为我是丛林人而赞美我。从孩提时代起，我就知道，丛林就是我的家。除了丛林人我还会是别的什么人呢？就像丛林是我的父亲、本以及所有在这里干活儿的人的家一样，丛林也是我的家。但我并不口口声声说自己是丛林人。我就是我，我从来不觉得自己有什么特殊。她有点生气地说："别嘲笑我，鲍比·布鲁！你刚开始学认字的时候，我可没有嘲笑

146

你。我总是帮助你，我一定要向你证明我有多棒。如果你能跟我走，让我向你展示一下我在丛林里的本事。"她看了我一会儿，想了想，然后说："当然了，如果你不太怕我母亲的话。"她站在那儿，等着看我会作何反响。如果我表现出怕她母亲，她就会小看我。因为她不怕她妈。月光从她背后敞开的门照射进来，我看不到她脸上的表情。但是从她的声音听得出，她的态度很坚定，不会因为我有不同意见就改变主意。我说："哦，艾瑞·柯林斯，我跟你一样，什么都想试试。不过你得先到走廊等我穿上裤子和衬衫。"

这或许是我一辈子干的最傻的事情，不过不管怎么说，我都干了。过去，干草山经常举行竞技表演。陡峭的山坡上，我骑在凶猛的黑公牛背上驯服它们的时候，从来没有害怕过。可是现在，坐在床边，两只脚往裤腿里伸的时候，直打冷战。其实，我真是个"两面人"。一方面，我是自己感情的主人；另外一方面，我虽然不在乎发生什么，但是愿意驾驭未知的烈马，弄清楚最终会是个什么结果。我无法按捺心头的激动。太强烈了，很难压制。人在白天和黑夜有很大的不同。黑夜把我们变成另外一个人。我们相信，白天那个"我"看不到我们。我们可以把黑夜的"我"隐藏起来，不让白天的"我"看到。

这就是为什么人们黑夜干坏事，白天后悔。我要半夜三更跟艾瑞去丛林，这着实把我吓了一跳。但我还是从床上爬起来，穿好裤子、衬衫，又穿上靴子。我看见艾瑞坐在阳台，摇晃着两条腿，和迪普说着什么。迪普是跑过来看发生了什么事情。坐在那儿晃着两条腿的艾瑞再有一个月，或者两个月，就满十三岁了。我已经过完二十岁生日，那个年代，已经是合格的壮劳力了。我本来应该告诉她赶快回去睡觉，等早晨再想办法展示她想向我"显摆"的"秘密武器"。我知道，如果妈妈活着，一定会同意我这样做。我没有动脑筋想一想，如果我和艾瑞真的想白天约会、聊天不一定就那么难。我知道，我做的事情是错的，任何一个成年人——也许除了本——都不会同意。而本如果知道，一定会嘲笑我。

那时候，我没有多想。只是现在回首往事才想到，那天夜里，我和艾瑞有多悬。一切都靠了一个小小的细节。现在我明白了，但是那时候我全然忽略了这些事情，什么也没想。事情是这样的。丹尼尔不像干草山人那样，夜里一定要把狗拴上。因为埃斯米不让。如果迪普被拴在链子上，看到艾瑞半夜三更穿着睡衣溜到我屋里，就一定会汪汪汪地叫，还会把链子弄得哗啦哗啦地响。丹尼尔听见狗叫就会跑出来看个究竟。倘若那样，那天夜里的事情就不会发生，我们的生活也就全然不同。这正是干草山的狗为什么夜里总拴着的原因。如果有什么不同寻常的动静，狗就会汪汪汪地叫着警告主人。迪普因为没被拴着，就以为它也有资格和我们一起欢聚。我看着那条狗，在心里对自己说，如果丹尼尔是山里人，而不是来自海岸，这种事儿就不会发生了。这就是我当时的想法。我只是觉得很好笑。因为觉得好笑，本来应该警惕，结果却没有。就像艾瑞爸爸因为没有拴狗，没有得到及时的警告。总而言之，我忽略了这个细节，只是嘲笑。迪普抬起头看着她，迫不及待地想跟她去冒险。它来回摇着尾巴，好像给我发什么信号。但我拒绝接受那个信号的含义。之所以拒绝，是因为我不想看到。而这些最初看似不足挂齿的小事，是不是为日后的悲剧种下了祸根？始作俑者正是我自己？后来，我无数次问自己这个问题。当然，换了任何一个人，都会这样问，除了埃斯米。她只责怪别人，从来不问问自个儿有什么问题。在埃斯米眼里，我永远是出卖她和她一家的坏蛋。她这个人，只要认准一个理儿，绝不改变。

我走到阳台，艾瑞站起身，面对着我。她被苍白的月色笼罩着，眼睛里也闪着月光。我看见她像迪普一样迫不及待地要开始这夜半冒险，就说："你回屋换上牛仔裤、衬衫，我就跟你去。你穿这么短的睡裤，我没法跟你到丛林里。"她低头看了看，说："我够暖和的了。"我说："我可不管你暖和还是不暖和。这不关我的事儿。"她抬起头，看着我，说："如果我回去，会把米里亚姆弄醒。"我说："这个险你必须冒。你已经冒险出来了，我相信你还能冒险回去。你如果不按我说的办，我就不和你去。"她站在那儿，看了我一会儿。我寻思她可能还会固执己见，不肯回去。我很担心，仿佛看见米里亚姆醒来，发现姐姐不在家，跑到妈妈和爸爸卧室，告诉他们姐姐不见了。埃斯米和丹尼尔出去找艾瑞。虽然月光皎洁，还是打着手电，喊着她的名字，四处搜寻。我不想让他们发现我半夜三更和他们的女儿在丛林里闲逛，女儿只穿件棉布短裤，上衣只有一个纽扣。如果我们被发现，我也希望艾瑞穿戴得整整齐齐。那已经够糟糕的了，但是总比穿着睡衣睡裤强。我说："你最好现在就决定，我可不会和你讨价还价。"

她什么也没说，跳下阳台，沿着小路，从鸡舍旁边跑过。迪普跟在她身后跑着。这时候，它兴奋地叫了几声。我心里想：这下子好了，它这一叫，或许就把他们吵醒了。那一刻，我既懊悔，又有点如释重负之感。这下子用不着和艾瑞"夜半冒险"了。我站在阳台上，朝警务站后门那一溜台阶张望着，等待着。既希望艾瑞能沿着小路跑回到我身边，又怕她真的出现在眼前。不过那一刻，我还没有强大到可以清楚地告诉自己更希望哪种可能。毫无疑问，我应该知道，但是知道和决定是两码事。仅仅知道还不够。我完全失去了平衡，就像你的坐骑受惊奔跑时，你一只脚套在马镫里，另外一只脚还在外面。那一刻，我知道两条路都可以选择。我回屋戴上帽子，拿了点烟丝，回到阳台，卷了一支烟，点着。但是那缕缕青烟没有让我紧张的心情平静下来。

我看见她走了回来，迪普跟在身后。她穿着牛仔裤、靴子和一件花格衬衫。她披着月色，向我走来。我大声对自己说："天哪！艾瑞·柯林斯。瞧瞧你。"我知道用这样赞赏的口气大声喊她的名字意味着什么。一切只能意会不能言传。那里面有一种含义，那就是我对她这样信任我十分惊讶。我从来没有见到过像她这样的姑娘。我从阳台走过去，对她说："你没弄醒米里亚姆？"她说："米里打呼噜呢。她打起呼噜像个老头。"我们走到马围栏旁。我使劲扯起铁丝网，让她先钻过去。她钻过去之后，又给我扯起来，让我钻过去。钻过去之后，我直起腰，说："有一天夜里，我看见你和米里亚姆从这儿钻过去，偷偷地溜到丛林里。"她做出一副大人的样子，说："我知道你看见了。"

　　我们俩没再说话，只是朝前走。她不爱说话。马傻乎乎地看着我们爬过围场那头的铁丝网，钻进丛林。我不知道艾瑞是不是像我一样紧张。不过，她即使紧张也不表现出来。她是个非同寻常的女人。我相信，她永远都是。我觉得她不属于她那个家，只属于自己。米里亚姆那时候快十一岁了，可在我看来，比实际年龄小得多。米里亚姆和艾瑞不一样，没主意，什么事儿都得问妈妈，听妈妈安排。艾瑞却是凡事自己说了算。她知道自己应该做什么，不应该做什么。这种事儿不是别人能教会的，应该说与生俱来。她们俩因此而不同，尽管是很亲近的姐妹。艾瑞是她们俩的"领导"，不是因为她比她年纪大，而是因为她就是一位"领导"。我这辈子见过不少人就喜欢当"领导"。而有的人虽然身为"领导"，却并不把那玩意儿当回事儿。艾瑞·柯林斯就是这样的人。她天生就是"领导"。你要么紧跟在她身后，要么落在后面。

　　那天夜里，她走在前面，我高高兴兴跟在她身后，离她只一步之遥。我看着她穿过丛林，带我到她的秘密之地。她步履轻捷，就像月亮的影子，在金合欢树丛中闪烁。我相信她什么都不怕。她不是跟着牛留下的踪迹乱走，而是脑子里非常清楚要到哪里，在灌木丛浓密的枝叶间时而猫腰前进，时而来往穿梭。走了大约一英里之后，来到一块林中空地，眼前出现一个树枝搭的小窝棚。她停下脚步，对我说："看见了吗？到了。我摸黑也能找到路。"她看着我，大概是想听我夸奖她用不着停下脚步查看，就能找到路。我们俩肩并肩站在那儿看那个窝棚。我说："你搭的真不错。"她说："谢谢！你还是第一次夸我在丛林里的本事呢！"我说："哦，你确实有本事，我也一直看在眼里记在心头。只不过，我不是那种总把好听话挂在嘴边夸人的人罢了。可是正因为我相信你，才让你骑我的'老娘'，而不是你爸爸那匹老掉牙的马。"艾瑞说："得了，你也不是谁都不夸，鲍比·布鲁。我不只一次听你夸你的'老娘'呢。"我连忙说："对不起。我还真没想到。以后你有什么值得夸奖的事儿，我一定告诉你。"她说："那就太好了。"我们相互看着对方，笑了起来。半夜三更，站在丛林里，和她说这样的话，突然觉得很怪。她说："我喜欢你把夸奖我的话说出来，别光藏在心里。你认为我在丛林里不是个低能儿，这真让我高兴。我不想让你觉得我是个傻子。"

我知道她为什么要说这话，便说："你爸爸骨子里是个好人。他也很诚实。我见过许多比他坏的人。你有个好父亲，很幸运。"她回答道:"我知道。爸爸在好多方面都理解我,妈妈却永远理解不了。我爱他。可是,他对妈妈言听计从。我倒真希望他能站出来发表点不同意见。爸爸永远不会成为真正的'丛林人'。你心里想的其实跟我完全一样。我说的都是实话,就这么回事儿。我不是那种卑鄙小人。"

我很愿意放下这个话题,不想在这样一个时刻,因为和她谈论丹尼尔而浪费美好的感情。窝棚是用粉绿相思树树枝搭起来的,上面铺了树叶和生锈的铁皮。窝棚背靠一块孤零零的岩石而建。红墙在这里破土而出,这块岩石是墙的一部分。我很熟悉这一带,只是有一段时间没来。我看到的牛粪都是好久以前拉的,已经干裂,变成灰色。一路上也没有看见牛走过留下的踪迹。我们穿过的小路也只有狗和袋鼠留下的印迹。迪普走到窝棚入口,鼻子凑在地上,嗅着。艾瑞邀请我进窝棚。她跪在地上,爬到黑暗的窝棚里。我也手足并用,跟在她后面爬了进去。窝棚里面很小,我俩磕磕碰碰,总算坐了下来。迪普守在门口。艾瑞划了一根火柴,点着金枪鱼罐头盒子上立着的一根蜡烛。她把蜡烛放在我们俩中间的地上,就像坐在圆锥形帐篷里的印第安人。我们之间那一点枯黄的光摇曳着照亮她的脸。她背靠红墙那块岩石。我说:"你一个人夜里待在这儿不害怕？"她说："米里亚姆害怕，我不怕。米里亚姆一个人夜里待在房间里也害怕。"我说："也许是的。但是牛头犬蚁会来咬你。"她说："我坐的地方没有牛头犬蚁。"我说："它们会找到你的。"看到她那副骄傲的样子，我不由得笑了起来。我说："说不定哪天，你会面对面地碰上几头野化了的小公牛，挡住你的去路。"

她手忙脚乱地打开一个铁盒子。我坐在那儿津津有味地看着她。"你妈妈没发现你偷家里的蜡烛？"我问道。"我是从学校偷的，"她说，"学校里的东西没人管。我存了不少蜡烛呢。"她终于打开盖子，把铁盒送到我面前，让我看。我瞥了一眼，里面有枣、饼干。我看她的时候，她脸上露出微笑。"和你在这儿待着比和米里亚姆待着有趣多了。你不像她那样，总是抱怨。"我拿了一块饼干，一个枣，向她道了谢，然后问："如果你在家的时候，米里亚姆一个人待在屋子里还害怕，那她醒来之后，发现你不在，会发生什么事呢？"艾瑞耸了耸窄窄的肩膀，让我再从饼干盒子里拿点东西吃。她比我还不愿意想可能发生的最坏的事情。我们坐在那儿吃饼干和干枣。我说："盖子一定要严实点儿。如果小蚂蚁钻进去，这些枣可就是它们的美食了。"她看了看盒盖，什么也没说。万籁俱寂，夜已经很深。

迪普呜呜呜地叫了几声，往窝棚入口靠了靠。艾瑞说："迪普害怕了。"我说："迪普听见石崖上有野狗嚎叫。"艾瑞说："你能听见吗？""听不见，"我说，"我听不见。狗能听见人听不见的声音。"我和艾瑞默默地坐着，吃饼干和枣。现在只有我们俩在一起反倒不知道该说什么了。不过即使什么也不说，我也不介意。跟她待在一起就好。我看着她盘腿坐在烛光下，吃枣和饼干，心里想，半夜三更，我和这个女孩儿坐在这儿，要干什么呢？我不知道自己期望的是什么？但是有一点在心里很明确，那就是无论这种期望把我引领到哪儿，我都会把它紧紧抱在怀里。因为它比我拥有的任何东西都更宝贵。这一点我很清楚。她的信任，让我快乐无比。此刻，仿佛她的父亲、母亲、警务站和干草山都不存在，只有我们俩在这深沉的夜里。我们俩待在这儿，只是我们自己的事情，和别人无关。不管发生什么事情，我都会保护她平安无事。惶惑中，仿佛火焰四起。如果需要，我会和她一起飞，哪怕犹如飞蛾扑火。

她说："你答应过，要给我讲讲你在丛林里迷路的事儿。"我说："现在我得说说你这个窝棚的事儿。这比我小时候怎么在丛林里迷路的故事更有趣。看见你背靠的这块红石头了吗？"她回转身，看着那块石头，把手掌放在上面。"米里亚姆和我都认为这是一块神奇的石头。"她说。我说："你说得没错儿。这一带到处都有默里老人的灵魂。"我告诉她从这儿一直到默里老人"运动场"有一道时隐时现的红墙。默里人管这道红墙叫"大道"。陌生人都听说过这条"大道"，尽管没有亲眼见过。他们到"运动场"聚会的时候，就沿着这一块块石头往前走。俨然是他们的活地图。看到第一块破土而出的石头时，他们就觉得那是一座迎客门。"就是这样，"我说，"红墙的第一块石头就在你搭窝棚的地方。你说这是一块神奇的石头，一点儿也不错。你此刻背靠的就是那块石头。再也没有比在这儿更好的宿营地了。"

她又伸出手，摸了摸那块石头，什么也没说。我为她的沉默而骄傲。因为我从这种沉默中看出，红墙的故事震撼了她的心灵。知道她是在这样一个地方搭建窝棚，对于她一定别有一番深意。我相信，再谈起这个地方的时候，她绝对不会无动于衷。这个故事最早是父亲给我讲的。他很小的时候就认识这一带山里的默里老人。那些人很信任他，愿意和他分享他们的知识。我告诉她，"运动场"在星光下宛如一袭洁白的丝绸长裙，但是在满月之下却黯然失色。这也正是它的神奇所在。"让一块土地这样发光的办法已经失传了。"我说。我给她讲完之后，她说："你今天夜里能带我去吗？"我说："太远了。天亮前赶不回来。""我想去。"她说。

她坐在那儿一边嚼着一枚枣，一边看着我。她把枣核从嘴里拿出来，看了看。灯光下枣核带着她的口水，闪着幽幽的光。她把枣核放下，目不斜视，只是凝视着我。她说："你只要不想做什么事，总会为自己找理由。"我说："我什么事没做呢？""你那天答应带我去看无花果树下的泉水。"我说："有机会我一定带你去。那棵老树又跑不了，我们去看它的时候，它肯定还在。干这种事之前，你最好等一等，看一看，有好的征兆之后再干。要不然，就适得其反，事与愿违。如果你和我去无花果树泉水，你父亲肯定想跟我们一起去。"她说："没错儿。"她凝视我好大一会儿，直到把我看得心里发毛。我说："怎么了？"她说："我在想，你是信守诺言的人，还是说话不算、找理由为自己辩解的人。"我不爱听她说这话，便说："不管怎么说，到时候你就发现我是哪种人。然后，你就找到答案了。"她问道："你觉得我们现在的兆头好吗？"我不知道该如何回答她这个问题。从心底讲，我认为我们俩的关系前兆不错，但是我不相信处境有利。所以没有回答她的问题。她也没有因为我没回答而生气。其实，她和我一样，对我们的处境了

158

如指掌。

　　这之后，我们俩又沉默了一会儿。我卷了一支烟，点着之后吸了一口，把烟吐到窝棚外面。她用很平静的声音说："我喜欢这烟草味儿，鲍比。用不着把烟吐到门外。"我看了她一眼。她面带微笑，说："我说那话的意思，不是我不信任你。我相信我们是好朋友，我们相互之间什么心里话都可以说。朋友就应该这样。"我说："我也相信这种说法。你比我更会表达心里的想法。我得向你学习。"我们俩都哈哈大笑起来。她说，她很高兴没有让我心烦意乱。我对她说，想让我心烦意乱难着呢！想了想，又说："我们还不可能把对方心里想的事情都弄清楚。"她说："你觉得以后会吗？"我说："了解对方的一切？""是的。"她说。我知道，倘若父亲被问到这样的问题，一定不会回答，便说："我认为也许很难做到这一点，但是我绝对相信，我们可以相互信赖。"我在想，我对本够了解的了，可是他心里到底想什么也很难知道。之后，艾瑞和我更坦诚地谈我们自己，谈我们的生活和对未来的希望。现在已经记不得具体都说了些什么，但我知道，那些事情那时候对我们都很重要，很真实。我们聊得开心，不是因为谈到的那些事情本身，而是因为一起分享。这一点我记得非常清楚。蜡烛越来越短，时间过得飞快。

艾瑞·柯林斯是除了本·托宾之外，我的第一个朋友。是我有生以来第一个女朋友——如果可以这样称呼她的话。我知道，她喜欢我管她叫"女人"。尽管她远没有到这个年龄段。她不但教我读书写字，还教我许多关于如何看待友谊，如何以我从来不曾想到的方式交谈的知识与技巧。教我如何相互问问题，如何在意见不同的时候不生气不着急。我知道，和她交朋友，和她半夜三更跑到丛林里，很危险。但是不想说清楚对她是怎样一种感情，也不想对她说这种感情会给我带来什么危险。当时并没有看到这种关系对她也有一种潜在的威胁。我是后来才明白这一点的。我们不可能立刻就把什么都看清楚。

迪普卧在窝棚门口，下巴放在十字交叉的爪子上面。它轻轻地叫了两声，爬了起来。我和艾瑞都朝夜空望了望。东边的天空露出一缕曙色，我说："我们得回去了。"艾瑞说："是不是有人来了？"我说："迪普只是告诉我们，该回家了。要是米里亚姆醒来，发现你不在，会告诉你父母亲的。"艾瑞说："要是米里亚姆醒来，发现我不在，她更不敢下床了。她怕藏在床下的妖魔鬼怪抓住她的脚脖子，把她揪出来。"我说："好了，不管怎么说，我们都得赶快走了。要不然，不等我们回去，他们就都起床了。"艾瑞说："即使他们发现我们俩在一起，我也没那么害怕。你怕吗？"我说："要是真被人家发现，我这份工作就丢了，你跟我就很难见面了。"艾瑞说："他们要是不让我去看你，我就跑。"她很严肃地看着我，接着又说："我要做个山里的女人，就像你是山里的男人一样。我觉得和海边相比，这里更像我的家。我不想再回海岸边了。我觉得打从来到这个世界，我就知道这个地方。打从来这儿，我就有这样一种感觉。来这儿第一天，行李还没有打开，我就站在后门，眺望茫茫无际的丛林和远处的峭壁悬崖，对妈妈说：'我对这个地方有一种很奇妙的感觉。'她以为我要告诉她，我不喜欢这个地方。我说：'我觉得这个地方已经是我们的家了。'她说：'太好了，亲爱的。干草山在一段时间内会是我们的家。你能这么想，我很高兴。'实际上，我想的和妈妈并不完全一样。我的意思是，我了解这个地方。站在警务站后门极目远眺，我仿佛觉得，我已经非常了解这块土地。这里就是我的故乡。妈妈不懂我的这份感情，永远不懂。她认为我还是个孩子。我对她说：'我是认真的。我觉得我们终于回家了。'她没再多说什么，让我赶快帮她拿出炊具，准备做饭。学校里的孩子们都是一个样儿。他们成天谈论如何离开这儿到海岸边。他们讨厌干草山和丛林。大部分孩子从来没有到过丛林。他们不想进丛林。他们谈论的都是毕业后到海岸，到城里，然后买辆车。但是我就喜欢这里。"她皱着眉头，仿佛被思想的沉重压迫着。"你是唯一理解我对山区这种感情的人。"她看着我，那神情让我觉得，最好不要辜负她对我的信任，永远不要。我好一阵子没有说话。但是我特别喜欢听她说我是"唯一理解她的人"这句话。我想起自己十三岁时的情形。那时候，我已经和父亲、本、本的父亲一起干了三年活儿，相信自己已经长大成人。见我一直不说话，她说："我也不想让你被他们解雇。"她用舌头把拇指和食指弄湿，然后掐灭蜡烛。

我们俩爬出窝棚，我让她在前面领路。因为我看出她特别愿意当"领头羊"。月亮已经沉没在丹尼森山后。冷风习习，金合欢树伴着黎明的脚步呢喃细语。鸟儿叽叽喳喳，紧张地叫着，等待霞光挣脱夜色，喷薄而出，然后鼓起勇气展翅高飞。我跟在艾瑞身后走着，不觉悲从中来。我知道，总有一天我和这个姑娘不得不各走各的路。

九

几天之后，一个星期或者一个多星期，我已经记得不那么准确了。我和丹尼尔忙着处理干草山围栏里一群刚打过烙印的牛的事儿。事情是这样的：有人告诉弗兰克·道森，围栏里正在卖牛。他匆匆忙忙跑到镇子里，要求停止交易。他宣称这些牛是他的。本来还没打烙印，前不久被人偷走，打上北部区某位居民的新烙印。这个烙印我们干草山人谁也没有见过。总共三十头母牛，一个个其貌不扬。我觉得根本就不值得为它们兴师问罪。可是弗兰克·道森是那种得不到解释就不肯罢休的人。我和父亲、本和他的父亲都给他家干过许多次活儿，对这位弗兰克·道森很了解。他给的工钱不错，我相信他是个诚实的人。我也认为牛是他的，但是没向丹尼尔透露任何信息。你从外观就能看出这些家伙是从哪儿来的。都是短角牛，又高又瘦，野性十足，撅着尾巴，翘着角，总是要找麻烦的样子。它们比丛林鸡胆子还小。丹尼尔扣留了这群牛。第二天，我骑着"老娘"送它们到政府保护区。迪普悄悄地跟着牛群跑来跑去，分散它们的注意力，打消它们想逃之夭夭的主意。我看出，迪普不需要训练就能成为管理牲畜的"专家"。这是与生俱来的本领，就像艾瑞天性里就有一种对崇山峻岭的感情。迪普用不着张牙舞爪、一惊一乍地驱赶那群牛。它总是在牛群中偷偷摸摸地来往穿梭。我特别喜欢看它那副样子。它好像给那一头头母牛施了催眠术，大伙儿都乖乖地跟它走。山里很少有狗能像它这样掌控一群牛。大热天，没有水，牛很难老老实实走那么长的路。不过那天还好。我和"老娘"一路小跑，那群母牛也顺顺当当，不知不觉，政府保护区的大门就在它们身后关上了。

保护区的围栏已经好几个月没有牛马来过，可以称得上水草丰美。到早晨，它们已经不再沿着围栏行走，为自由而吼叫，而是安顿下来，准备过好日子了。我关上围栏的时候，迪普就像一把椅子似的，直挺挺地站在"老娘"身边，看着我，舌头耷拉得老长，眼睛里闪烁着骄傲的光。我告诉它，我认为它非常棒。它高兴得简直要瘫倒在地上，绕着我转来转去，舔我的靴子，讨我的好。狗对别人的赞赏可以满怀真诚地表示感激，别的动物就做不到了。你对狗可以有足够的耐心，但是最好让它们干自己的活儿，别离你的马太近。否则它们就不会把活儿干得那么好。我父亲和本的父亲干活儿的时候，不喜欢旁边有条狗。倘若有狗在身边，就会举起鞭子，朝它背上抽一鞭子。如果没有狗在旁边转来转去，这些老年人会更高兴一点。

丹尼尔按照政府的规章制度做一系列文书工作。他把起草关于这个案子的报告当作大事来抓。我想，他一定为终于有一件真正的犯罪案件向海岸上的警察局报告而高兴。换了乔治·威尔逊，一定轻而易举就把这件事情处理掉。他会当天就把那些牛卖给某个肉类加工厂，得来的钱交给弗兰克，然后万事大吉。那些老母牛其实什么用场也派不上了，只能喂狗。我估计，这些牛一定是本从道森的地盘儿赶到北部地区的。他把赌注押在那些人的身上，认为他们对牲畜不熟悉，不知道那些牛已经不能繁殖，百无一用。他全然没有想到，那家伙会把它们赶到干草山去卖。其实这种事情对谁都没有太大的坏处，不必大惊小怪，兴师动众。但我明白，这事不能和丹尼尔说，只能烂在我自己的肚子里。他喜欢把这种事情用文字记录下来，放到办公室档案柜里，然后报送警察总局。我想，那么多年以来，乔治·威尔逊一定没有向海岸上的警察局汇报过干草山多少情况。我还得说，他们也巴不得他不要汇报什么情况。多一事不如少一事，是他们的原则。

这阵子，丹尼尔和埃斯米之间相安无事。我和艾瑞见面聊天也容易了许多。夜里，我们又冒险幽会了几次。现在的情况是，每天夜里，我都和衣而睡，大睁着双眼躺在床上，等她来跟我聊天。米里亚姆似乎知道这件事情了。不过艾瑞说，她已经让妹妹站到了自己一边，用不着担心她告密。我没问她是怎么把米里亚姆争取过来的，她也没主动解释。但凭我对米里亚姆的了解，她不会平白无故就替姐姐保密。艾瑞肯定给了她什么好处。有一天，我骑马回警务站的时候，看见埃斯米刚离开我住的地方，正往家走。我不由得吓了一跳。心想，她如果没事儿，绝对不可能走到超过鸡舍的地方。那么，她是不是一直怀疑我和艾瑞约会，在这周围侦察呢？我的感觉自然很不好。我没有对艾瑞说，怕她憋不住，和妈妈吵架。

我和艾瑞没有再到她背靠红墙搭的那个窝棚，而是坐在阳台上彻夜长谈。这是我的建议。迪普总是蹲在旁边，眨巴着眼睛，好像听得懂我们说的每一句话。情况就是这样。促膝长谈对于我和艾瑞就足够了。她一定要让我告诉她，什么时候带她到默里老人的"运动场"。她想看"运动场"在繁星下闪闪发光。"那是世界上最安静的地方，"我说，"那么安静，有时候你会觉得整个大地在听你的呼吸。马也能感觉到那种静谧。如果带着狗，狗呜呜呜呜地叫几声，紧挨你卧着，不去追赶夜里出没的小飞虫。"我给艾瑞讲这些事儿的时候，她出神地听着，目光中闪烁着信任。我喜欢看她那副表情，知道她那么信任我。我继续给她讲故事，有时候会顺嘴编点什么。不过不是瞎编，只是加点色彩罢了。我不想对艾瑞撒谎。

没有什么比和她一起坐在阳台上谈天说地更让我快乐的事情了。我想，我给她灌输了一个理念——"运动场"是施了魔法的仙境，在那里可以梦想成真。其实我也有点儿相信。不过学校教科书或者丹尼尔的书里，没有记载。"运动场"也是我自己特别的秘密，是我跟她在一起时分享的秘密。这个秘密只有我们俩知道。谈"运动场"是谈我们的希望、我们的梦想以及我们无法言传的相互之间那种感觉。我不敢指望我们谈论的一切都是真实的，但我相信，她指望。我把梦想放在一个地方，把真实放在另外一个地方。而那时候的艾瑞把梦想当成真实的生活，没有将这二者分开。那时候，我对此并不了解，只是希望她在每一件事情上都和我一样。这很傻。她的信心还没有遭受打击。不过，很快就会发生……

有一天下午，我和丹尼尔正在厨房吸烟，罗西来到警务站后门。她知道这个时间能找到警察。罗西对丹尼尔说，被扣留的那几十头牛身上的烙印都是本帮那个北领地来的家伙打的。

现在镇子里，除了丹尼尔，没有一个人不知道这事儿。她说，本每头牛赚了两英镑。丹尼尔听了罗西的揭发之后，说他要进一步调查。不过他没有马上付诸行动。他已经不相信罗西的话了。他知道，她只是想给本找麻烦，报本曾经射她儿子的一箭之仇。不过我们都知道，肯定是本给那些牛打的烙印。这事儿并不新鲜。除了他，谁会干这种事儿呢？雇本打烙印的那个家伙在北部地区聚拢牛。本便把道森地盘儿上的那几十头牛顺便赶了过去。因为那些牛已经不能再下小牛犊。这事儿明摆着。弗兰克·道森心里更清楚，但他不想因为这件事儿就把本告上法庭，送进监狱。去找警察揭发，不是弗兰克的一贯做法。而且，弗兰克和本的关系绝大多数时候还不错。弗兰克只是想把牛要回来，不管那些家伙是否还能生养。或者把卖牛的钱给他也行。在干草山，除了丹尼尔，谁都知道。我也就听其自然，守口如瓶了。

如果乔治·威尔逊还在这儿当警察，他连问都不会多问，就会让弗兰克·道森派两个手下到镇里，把牛从政府保护区的牛栏赶回来。乔治办这"案子"的时候，会站在齐勒酒馆的吧台旁边，一边喝酒，一边和弗兰克牧场的人，还有本，聊天儿。他聊那些事自然并非无的放矢。乔治在干草山的那些年，这种事儿总是自生自灭。只有什么人开玩笑的时候，才会提到。大伙儿听了，心照不宣，哈哈大笑，还得让那家伙知道他们都明白你指的是什么。像丹尼尔这样的"局外人"自然不明就里。话说回来，即使他明白，埃斯米也不会让他像乔治·威尔逊那样听之任之，一笑了之。据我所知，乔治干过的最狠的事儿也就是用皮警棍朝一个赶牲口人的肋骨狠狠打了一下，打得那个家伙半晌喘不过气来。干草山的人都说，丹尼尔被他老婆管得太严了。我不参与这种议论。只要我拿政府的钱，我就觉得欠着丹尼尔的情，不该说三道四。他是我的老板。

晚饭后，大约一个小时左右，又到了该上床睡觉的时间了。悬崖峭壁之上，突然雷声大作。天低云暗，雷鸣过后一片死寂。我坐在床边，打开被妈妈围巾包裹着的《圣经》，放在腿上，一边抽一天最后一支香烟，一边翻到《启示录》。以前，妈妈经常给我们念《启示录》。我知道上帝的晚餐，知道我们都在吃君王、伟人和普通人的肉 [1]。我虽然一直不解其意，但是

---

[1] 此话的出处应为《启示录》19：17 我又看见一位天使站在日头中，向天空所飞的鸟，大声喊着说，你们聚集来赴神的大宴席。19：18 可以吃君王与将军的肉，壮士与马和骑马者的肉，并一切自主的、为奴的，以及大小人民的肉。

这些话给我留下深刻的印象，撕扯、吞噬人肉的画面更常常浮现在脑海。那幅图画有一种那么野蛮的东西，挥之不去，尽管我不明白为什么会是这样。我觉得那野蛮也在我的血液中，每当遇到麻烦，就突显出来。仿佛告诉我，可怕的事情正在前面等着我。母亲告诉我，《启示录》早在我之前，就知道了我的命运。不知道为什么，我相信那幅吃人肉的图画。我看着书上写的那些话，还不能全看懂。只听到从那字里行间升起的妈妈柔和悦耳的声音。手里捧着那本书，好像能够读懂。我的思想陷入一场和艾瑞以及我们的孩子尽享天伦之乐的白日梦。我知道，那只是宝贵的梦，并非我的宿命。

我坐在床边这样胡思乱想的时候，突然意识到外面一直有人在大声嚷嚷。是迪普的叫声提醒了我。我侧耳静听，把香烟从嘴边拿开，屏着呼吸，好听得更清楚一点。我听出是埃斯米和另外一个人的声音。她们互相争吵着。毫无疑问另外一个声音是艾瑞。那一刻，我似乎明白了什么。听着从警务站传来的叫喊声，我的后背一阵阵发凉。

我合上《圣经》，用妈妈的红丝绸围巾包好，放回到抽屉里，坐在那儿听窗外传来的叫喊声。以前，警务站从来没有发生过这样的事情。柯林斯家从来没有人大声嚷嚷，不像干草山某些家庭那样，不管白天还是黑夜，吵架是家常便饭。我听见后门砰的一声响，吓了一跳，连忙从床边站起来，推开门，跑到阳台上。艾瑞正沿着那条小路，向我跑来。她跑上阳台，伸开两条胳膊搂住我的腰，头贴着我的胸口，窄小的肩膀抽动着，哭得很伤心。我看见警务站的门开了，灯光映衬出丹尼尔的身影，正向我这边张望。我心里想："这回可好了，鲍比·布鲁。赶快做好准备吧。"那一刻，我没觉得害怕，反倒有一种很怪的平静——出什么坏事的时候，总能感觉到的那种平静。那平静降临到我的头上，好像我并不真的在那儿，而是另外一个人看着我，我的内心很平静。我认为我没有惊慌失措、焦急不安的时候。就连有一次被一头野公牛逼到一个死角，也仍然能保持冷静，做好应对的准备。我的母亲也是这样。即使天塌下来，她也会说："哦，鲍比·布鲁，看看出什么事了？"边说边朝我微微一笑。我从她身上学到了这一点：镇定。灯光从敞开的门照射出来，落在相拥在一起的我和艾瑞身上。我知道，丹尼尔把这一幕尽收眼底。不过，我不在乎。我考虑的是艾瑞和她遇到的麻烦，而不是我自己或者丹尼尔·柯林斯。

我让艾瑞又抱了我一会儿，然后抓住她的手，让她松开我，尽量温柔地把她从身边推开。我说："你先平静一会儿，咱们再把事情的来龙去脉搞清楚。"我看见丹尼尔回屋，厨房的门在他身后关上。我不知道为什么丹尼尔就那样回了屋。如果是埃斯米，一定会沿着那条小路冲过来，一把抓住女儿，把她拖回家。毫无疑问，埃斯米一定是坐在厨房，让自己平静下来，丹尼尔跑出来看个究竟。丹尼尔对艾瑞更了解一点，也许他对她采取"疑罪从无"的政策，让她自己把事情理清楚。我也说不准。

我对艾瑞说："你最好把刚才的话再说一遍，我没太听清，艾瑞。"她掏出手帕擤了擤鼻子，擦了擦脸，又抽了抽鼻子，以一种我以前没有听到过的激烈的声音说："我讨厌我哭。"我说："女人都哭。哭有什么丢脸的。"她惨然一笑，说："他们要把我送到海岸镇子里的寄宿学校。"我问："什么时候？"她说："妈妈打算下个星期先带我去见见学校的人，给我买校服和书。"她看了我一眼。"可我不会去的，鲍比。我会跑到丛林里。"我说："你最好等平静下来之后，好好考虑考虑，再做决定。"我纳闷，是不是丹尼尔和埃斯米对我和艾瑞的关系太近有所察觉，决定把她弄走，脱离我的影响。我嘴上没说，但心里清楚，应该就是这么回事儿，特别是埃斯米，肯定有所察觉。也许米里亚姆出卖了姐姐。到底怎么回事，不得而知。以前柯林斯家从来也没有说过要送女儿去寄宿学校。个别大牧场主家的孩子们去寄宿学校上学。但是镇子里很少有人把自家的孩子送走，也没钱送。镇子里的孩子们在学校念完书，自己就走了。有的人走得更早一点，走了就渺无音讯。这种人不在少数。我们家的查理就是其中之一。尽管我这辈子又见过一次查理。这是后话，到时候我会讲给你听。

灯光从敞开的门照射出来，我和艾瑞站在阳台上对视着。她还穿着白天上学时穿的衣裳。她说："我绝不回海岸边上。我讨厌我妈。爸爸太软弱，根本就不会为了我和她对着干。你和我可以到无花果泉。过你对我说的老默里人过的那种生活。"我说："等等，我可不知道老默里人怎么在丛林里生活。现在已经没人知道了。"她说："可以去问罗西。她会帮助我们的。"我说："罗西也是在干草山长大的。她对丛林生活一窍不通。"艾瑞说："你对我讲过，你和你的父亲，本·托宾和他的父亲经常在无花果泉宿营，一待就是好多天。你们肯定知道上哪儿找吃的东西。"我说："我们有驮马，带着粮食，艾瑞。我们装备齐全，做好充分准备，在丛林里过那种日子。要是没有食物，我们也待不长。不是谁都能在无花果树泉活下去的。"不过，她不会被这些理由说服。"你可以让你的朋友本·托宾给我们送吃的呀。"她说，等着听我如何回答。我说："这个计划行不通。"她久久地凝视着我，似乎要让我变得更坚定。"你是唯一能帮助我的朋友。"她说。

听她这样说，我心里很不好受。"你答应过迟早要带我去那儿。现在是履行诺言的时候了。"她看着我，一副受苦受难的样子。我拿出烟丝，开始卷烟。"你这个计划行不通。现在我就可以明确告诉你。没人这么干。"我舔了一下卷烟纸，把烟卷好，点燃，看了她一眼。"只有从海边来的人才会想出这种馊主意。我们得想别的办法。"

她说："等父母看到我是认真的，他们就会让步，就会改变主意，让我留下来。"她上下打量了我好长时间，一定纳闷怎么会和我一起站在这儿。"他们不想让我再和你交朋友了，"她说，"就是为了这事儿。我和他们吵了起来。我告诉他们，你比他们俩都好，我爱你。"我说："天哪！艾瑞！你是这样说的？"她说："是的。我就是这样说的。你知道我说的全是实话。我对他们说，你会带我走，我们一起在山里生活。"我说："你才十三岁。不能干出这种事儿。""你答应过我。"她说。我说："我没答应你一起在丛林里生活呀。我不能干这事儿。"她

174

拿起我的手，看了一会儿。然后扬起脸，凝望着我的眼睛，非常平静、非常严肃地说："你站在他们那边？"我说："见鬼！艾瑞！你知道，我不可能站在他们那边。"她还是用那种平静的声音跟我说话。而那平静比大吵大闹还更让我不安。"你要跟我毁约了？你要是不带我走，我自己走。或者和米里亚姆一起走。如果她愿意的话。我想她会。在这件事情上，她比你更强大。"她松开我的手，就像扔掉和她已经没有什么关系的东西。回转身，离开阳台，向那幢房子走去。

我在心里骂了几句自己，朝她喊道："等一等，艾瑞。"我的心在胸腔里怦怦地跳着。她停下脚步，回过头看着我。小路上，她怎么看也是个已经长大的年轻女人。我看到的就是这样一幅画面：一个正跨进"女人"门槛的少女。"你不帮助我了，鲍比，"她说，"我明白了，我是看错了人。"此刻，我不知道该对她说些什么才不是撒谎。

那天夜里，我让艾瑞失望了。我知道，我也让自己失望了。如果那天晚上我更强大一些，如果我能支持艾瑞的梦想，后来的悲剧就不会发生在我们俩和柯林斯一家人的身上。艾瑞身上表现出的力量是没有被锁链锁住的迪普对我发出警报之后的第二次警报。但我忽略了它。她比我还男人。我已经看到了这一点，只是现在不知道该如何应对。我不知道怎么能带着一个十三岁的小姑娘——一个警察的女儿，私奔到无花果泉。对我而言，这样做一点意义也没有。本或许会这样干，但我还没有疯狂到干出这种事的地步。从来没有。如果我带她去本那儿，本或许会想出什么办法。这我知道，但并不想这样做。让她作为一个逃亡者和本搅到一起，无论对她还是对我，都不是什么好事儿。我发现，她和本有点相似，都是我行我素，不把法律和别人的看法放在眼里。她和本一样，自己是自己的主人，而我从来不是。

她站在小路上等我说话。仿佛过了很久。黑暗的夜空传来滚滚雷声，闻得见空气中雨的味道。当我终于开口说话时，不觉悲从中来。"等你自由之后，你可以再回来。我还在这儿，哪儿也不去。三四年之后，你就自由了。那时候，你毕业离开学校，父母不能再管你了。你想干什么就干什么，没人能拦住你。"我知道，这番话从我嘴里说出来，无论对她，还是对我，都是既伤感又没有说服力。梦幻中的呓语和讲故事的呢喃在我的声音里荡然无存。我听得到这一切。她用一种平静而又悲凉的语气指责我："不是三四年，鲍比，而是八年。我二十一岁才能自由。那之前，他们都会管着我，如果我让他们管的话。我不能等到二十一岁。"她对我已经完全失望，我更无言以对，半晌才说："我想不出你还有什么办法，艾瑞。"她还是用那种语气说："是呀，你想不出我还有什么办法，鲍比，你压根儿就没有为我们俩想办法。如果你想出办法了，我就和你待在一起不走了。"那一刻，我突然觉得她比我年长，比我聪明，永远如此，我一辈子也达不到她的高度。认识到这一点，我头晕目眩。

丹尼尔从厨房走出来，站在灯光下，朝我们这边张望。他突然大喊一声："艾瑞！"只是这样，喊了一声她的名字。那刺耳的叫喊声在夜空回荡，我听了觉得一种怪怪的东西流遍全身。他不再等待。仿佛最后一次呼唤孩子回到身边。听到这呼喊，我打了一个寒战，不知道对于我们这意味着什么？真希望妈妈在这里，告诉我到底该怎么办。天空惊雷滚滚，艾瑞回转身沿着小路向那幢房子和父亲跑去。她的名字在我的脑海里回荡。艾瑞！那撕心裂肺的叫喊声仿佛要一直延续下去，在未来的岁月渐行渐远，在难以想象的遥远之地归于沉寂，直到终于在时间中消失——对我，对我们俩。我看着艾瑞，直到她消失在厨房后门。我站在那儿，看不见那扇门，只看见她，看见我内心深处的某种东西。那东西证明了以前不曾知道的自我——我被测试，以失败告终。那便是我那时尚不知道的恐惧。我因此而明白，我不是一个自由人，可以前我以为自己是。我知道，如果是本，一定不会让她这样伤心地离去。不管发生什么事情，他都会带着她跑到丛林。我知道，他这样做是对的，可我就是做不了。我站在那儿，觉得自己背叛了她——走进我生命中最宝贵的人，艾瑞·柯林斯。她的倩影永远不会离开我。

我又站了一会儿，走下阳台，走到马围栏，钻过铁丝网，爬过后面的围栏，一直向丛林走去。电闪雷鸣，我回过头，看见闪电照亮一匹匹马，就像我没有见过的什么动物，沿着围栏无声无息地奔跑。我一直往前走，直到走到艾瑞搭的那个窝棚前面。我没有进窝棚，而是在窝棚门口的泥地上仰面朝天躺了下来。我望着乌云密布的天空，那里没有我知道的东西。闪电忽而朝这个方向，忽而朝那个方向劈斩着。大块大块的乌云像被飓风卷起的浪涛在天空翻滚。粉绿相思树的树枝在狂风中咔嚓咔嚓地响着，宛如发了疯的女人下定决心要撒野一样。我知道自己坠入《启示录》描绘的火海中。那时候世界将分崩离析，我们都将在烈火中燃烧。一滴雨水打在我脸上。滂沱大雨像发了疯的野牛接踵而至。仿佛上帝下定决心在我们这些罪人被烧成灰烬之前，用这从天而降的雨水洗刷干净我们的罪恶。我躺在大雨中，等待被淹死，沉入泥土之中，像那些早已被忘却的"老人"一样，也被忘记。我心里充满恐惧，觉得被人鄙视，找不到什么熟悉的东西安慰自己。周围的一切都是陌生的，重重地压在身上，喉咙里有一股腐臭味儿。

我醒来的时候，已是清晨。天亮了，最后几点星光也已经熄灭。我站起身，回到住处，除了羞愧没有别的感觉。连卷一支烟也不能。烟丝和纸都湿透了，派不上用场。我就穿着那身湿衣服躺在床上睡了。好几个小时之后才醒来。我到警务站的时候，他们都已经吃过早饭。埃斯米不在厨房，我的那份早饭放在一个平底锅里，锅盖下面还有鸡蛋和咸牛肉。平底锅里的水已经凉了。站在餐桌旁边，我觉得怪怪的。心里明白，在这个警务站，我本来就应该觉得怪，压根儿就不该把这儿当成家，而是应该按照自己的本性行事。我觉得一阵难以克制的反胃。我吃凉鸡蛋的时候，丹尼尔走进厨房，让我吃完饭到办公室去见他。说完就走了出去。

我走进办公室的时候，丹尼尔坐在办公桌后面，穿着刚刚浆洗过的衬衫，两只手摆弄着钢笔和纸。埃斯米坐在桌子旁边，紧紧地抿着嘴，眯细一双眼睛，目光严厉。那阵势就好像我在接受警察的讯问。丹尼尔说："谢谢你来，鲍比。"那口气好像他认为我也可以不来。"柯林斯太太有话要对你说。"他说。我看了看埃斯米。

艾瑞的母亲看着我，好像想看见我吊在她那么讨厌的那棵死柠檬树上。她深深地呼吸着，胸脯在条纹裙子下面起伏。我们相互凝望着，目光交织在一起。她没有大声叫喊，而是从牙缝里挤出几句话："想一想，我拿你当家人看。"她撇着嘴唇，那是她表示厌恶时常有的表情。我纳闷，她还能忍多长时间才大发雷霆。"我们信任你，"她说，"我们信任你！可你就这样报答我们。"她默默地坐了一会儿，喘着粗气，盯着我，好像我是她刚从粮食里发现的一条虫子。我想起我们坐在一起，我给她读课文。费伊那辆布里茨牌大卡车从门前驶过。我听见她放慢车速，向山里驶去。费伊的车上一定装满了货，因为她在加大马力向山坡上驶去之前，放慢了速度。我纳闷，车上会装些什么呢？埃斯米俯身向前，恶狠狠地盯着我的一双眼睛，说出来的每一个字都像扔过来的一块石头："我要让你知道，为了这件事情，我多么鄙视你！我只想对你说这些。"她直起腰，看着丹尼尔，好像告诉他，该他说话，结束这场谈话了。丹尼尔清了清嗓子："你有什么要对柯林斯太太说的话吗？鲍比。"他朝我皱了皱眉头，似乎想提醒我，我忘了说什么，得赶快说出来。

但是我不知道该说什么，就什么也没说。在我看来，埃斯米不应该不问青红皂白，不容我说出自己的看法就这样向我发难。我不是她的女儿艾瑞。我就是我。丹尼尔不给我说话的机会，就让埃斯米这样侮辱我，也不是什么好做法。他们让我无话可说，我坐在那儿，知道自己是个被审判的人，发现自己有罪。我确实觉得自己罪孽深重。但那不是我要让他们知道的罪孽，而是我自己心灵深处感受到的罪孽。那就是，我辜负了他们女儿对我的信任。除此之外，我没有别的可自责的事情。我想站起身，一走了之。我看出，我无论说什么，都不会改变他们对我的看法。我只是想，让他们那些问题见鬼去吧，我不会为自己做什么辩解。事实证明，我一言不发是个错误，可是直到后来才意识到这一点。我在想，也许我到学校，能找到艾瑞，告诉她和我一块儿去无花果泉。我们可以在那儿好好地活下去，或者一起在丛林里死去。可是，我依然坐在那儿，面对他们俩，等着听他们还有什么话要对我说。我不认为我做了什么有罪的事情，也不认为丹尼尔会控告我。但我也看出他不会就此罢休。我没什么可怕的。他们对我的"审判"激怒了我。我又看见梦中的大火。我从那熊熊大火中抢出艾瑞，回过头，看见他们在烈火中燃烧。那火在他们周围咆哮、哀号。那是地狱之火。就是它从前的模样。母亲《圣经》最后一部书中燃起的火焰。在过去的岁月里，她给爸爸和我读了那么多次。她热爱那些圣洁的文字和字里行间的神秘。她总是称之为"最后的话"。那话我仍然记着："他的眼睛宛如火焰，他的衣服沾满血迹。"我笑了起来。埃斯米转过脸看着丹尼尔，说："你看见了吗？你看见了吗？我跟你说过，根本没必要对这个畜生抱一点点幻想。"我听见她说我是畜生。

丹尼尔半闭着眼睛。我看到他很不舒服，不由得生出怜悯之情。他点了点头，喘息着，好像背疼，在椅子里动了动，椅子发出嘎吱嘎吱的响声。我说："你要是需要我，就到棚屋找我。"说着站起身来。丹尼尔说："等一下，鲍比。坐下！我有话对你说。"我没有坐，还站在那儿。我说："如果你有话对我说，就到棚屋找我。我就在那儿待着。"他站起来对我大声喊道："坐下，你听我说！"我凝视着他，见他那么失态，觉得我高他一筹。我决定去找艾瑞，和她一起逃跑。我说："你应该有自己的看法，不能总听你妻子的。"她站起身，说："我都交给你了。"她从办公桌那头绕过去，小心翼翼，生怕蹭到我身上，然后从我身后那扇门走了出去。丹尼尔说："鲍比，请你坐下好吗？"我坐了下来。他说："谢谢。"我说："你审判了我。"丹尼尔说："已经结束了。没什么可说的了。警务站不能再留你了。"他看了我一会儿。"希望你能理解。你准备干什么去呢？"我笑了起来。他说："发生这种事，很遗憾。"我看出，他想让我说点儿什么。也许想让我向他道歉，或者想让我做什么解释，但我什么都不想对他说。我或许应该告诉他，你老婆迟早得把你害死。但只把这个想法埋藏在心里。父亲不会像我这样，跟他们在一起生活这么长的时间。

　　我纳闷父亲如果处于我这样的境地，会不会秘而不宣，带着艾瑞远走高飞。我觉得他会。父亲总是按照自己的意愿做事，从来不受别人摆布。他也从来不会找警察解决问题，而是自己处理。丹尼尔说："你今天晚上还可以在你那个房间睡觉，但是明天早晨必须离开。晚饭你可以到旅馆吃。我会把饭钱付给齐勒，从你的工资里扣。"我坐在那儿看着警察丹尼尔·柯林斯，仿佛看见本听到我讲这个故事时哈哈大笑。他一定会嘲笑我，居然能想到给警察干活儿，真是天大的傻瓜。我笑了，因为我突然想到应该怎么办了。明天早晨第一件事情就是骑上"老娘"，在艾瑞上学的路上等她。然后带她到本住的地方。那一刻，我仿佛感觉到和艾瑞一起骑着"老娘"，她胳膊搂着我的腰，脑袋贴着我的后背。我会为我的软弱向她道歉，她会重新信任我。她和迪兹会友好相处，迪兹会照顾她。去了那儿之后，再决定下一步怎么办。我们会有自己的家。

一旦做出决定，我就又浑身是劲儿。妈妈会看到，我这样做不但在艾瑞眼里洗清了自己，对自个儿也是个交代。我拿定主意，站起身来。"你什么都不欠我，"我说，"齐勒会给我饭吃，用不着你掏钱。"我目光冷漠地盯着他，在心里盘算还该对他说点儿什么。"你不了解我们山里人，"我说，"齐勒早就认识我父亲和我。你用不着为我掏饭费。"我转身走出去，拐了个弯儿，到商店买了点烟丝和卷烟纸。我又成自由人了，那感觉真好。我会像她要求的那样，带她远走高飞。我认识到，在警务站和这些来自海边的人一起工作了太长的时间，我失去了对自己的信念。现在和他们分道扬镳，非常高兴。以后会发生什么，我一点儿也不担心。他们会控告我拐骗了他们的孩子，但我不在乎。我和艾瑞会找到自己的出路。我们会相守一生，创造自己的生活。

十

我在那个二人房间的单人床上度过最后一夜。我觉得做了一个梦，梦见有一匹马站在我的胸口上。我想把它推开，但推不开，情急之下睁开眼睛。天亮了，凤头鹦鹉尖叫着，鸡也咯咯咯地发了疯似的乱叫，就像有狐狸钻进鸡舍。我睁开眼睛，丹尼尔正俯下身，两只大手掐住我的脖子。我连气也喘不过来。我抓住他的手腕。他把脸凑过来，闻得见他嘴里那股味儿，好像身上什么地方酸了似的。"两个女孩儿不见了。"他气喘吁吁地说，酸臭味儿扑面而来。他一边说话，一边喘着粗气，好像一路飞跑，冲到我的面前。我挣扎着要起来，他却把我牢牢按在床上，我动弹不得。我从他的眼睛里看到，他已经不再是我认识的那个温文尔雅的人，而是完全变了一个样。"她们在哪儿？鲍比！"他咬牙切齿说出我的名字时，只有威胁。他的唾沫星子溅在我的眼睛里，我眨了眨眼，把脑袋向旁边歪了歪。我看见他一只手里拿着乔治那根皮警棍，心里明白，如果我不回答他的问题，警棍立刻就会落到我的身上。我说："你不要着急。我知道她们上哪儿去了。"他往后退了两步，让我起来。"穿上衣服！"他厉声喝道，好像我已经是他的囚犯，对他而言一钱不值。

我从小床上下来，穿上衣服。他在我身后站着，用怀疑的目光环顾四周，然后转身面对着我。"哦，是的，你知道她们在哪儿，"他说。像平常一样，他穿着刚熨烫过的制服，韦伯利.38手枪别在腰带上，旁边是装着手铐的小袋子。他的声音低沉沙哑带着那种和我说话时特有的情绪说："如果我的女儿有个三长两短，我就宰了你！"听他这样说，我反倒平静了许多。那腔调好像在说他自己的末日。这是我的感觉。好像他在看他自己和我的死亡，一切已经改变，一个新时代正向他走来，旧时代和那个时代的梦已经留在身后，在漂流中破碎、消逝。话到嘴边，想了想觉得时机不到，便又咽到肚子里。我听到有什么动静，突然意识到是他的妻子站在他身后的门廊。清冷的晨光将她黑魆魆的身影投在地上。我没有听见埃斯米向小屋走来的脚步声。

丹尼尔说："他知道她们在哪儿。"我急着穿裤子，绊了一下，一屁股坐在床边，把脊背碰得生疼。埃斯米什么也没说，而是站在那儿恶狠狠地盯着我，好像我是被他们堵在墙角的一头野兽。她裙子外面套着围裙，披头散发。和我看惯了的那个干净利索的埃斯米·柯林斯太太判若两人。

我坐在床边，低着头穿靴子。丹尼尔掐住我的脖颈，把我的脑袋使劲往两个膝盖之间摁，从后面铐住我的一双手。他把我揪起来，推到门外，让我在前面走。埃斯米往后站了站，注视着我。我跌跌撞撞走下阳台。早晨，清风拂面，送来金合欢花的芳香。我光着脑袋，没戴帽子，但是已经不可能回去取了。"老娘"支棱着耳朵，在马围栏里抬起头看着我们。它看见我在丹尼尔和他的老婆前面趔趔趄趄地走，喷着响鼻，摇了摇头，沿着围栏跑了过去，然后又跑回来，好像看到一条巨大的棕伊澳蛇。"老娘"最怕的就是棕伊澳蛇。毫无疑问，它对眼前这一幕也极其反感。丹尼尔推了我一把，我看见迪普鬼鬼祟祟地在我们旁边的草丛中走着，耳朵贴着头皮，两条后腿几乎是弯曲着拖在身后。我从来没看见过一条比它还更神情沮丧的狗，

丹尼尔让我在小路上站好。"她们在哪儿？"我相信，他如果不是急切地需要我的口供，肯定会一枪把我打死。我从他眼睛里看到杀机。我说："用不着给我戴手铐。我跑不了，也没地方可跑。"他把我往后一揪，举起手里的警棍猛击我的肋骨。我疼得连气也喘不过来，双膝一软跪在地上。他又把我

揪起来，嘴巴贴在我的耳朵上，问："她们在哪儿？"他一字一顿，好像要被他说的话呛死。我晃了晃脑袋，想让自己清醒一点儿，吸了一口气。"她们俩一定在丛林里她们自个儿搭的小窝棚，"我说，"我带你们去。""你带我们去就对了。"他说，又朝我的后脑勺打了一巴掌。"你没有必要打我，柯林斯先生。我不是正带你去吗？"他又朝我猛击一拳。我打了个趔趄，差点儿倒在地上。他拽住我，推着我往前走。我估计，如果我在那个棚屋找不到他们的女儿，我可能就没有希望了。他们俩又着急又害怕，特别想看到女儿平安无事。我本来可以告诉他们，艾瑞和米里亚姆一定平安无事，可他们根本就不容我说话。他们俩都害怕丛林，因为对丛林一无所知。我可以对他们说，两个孩子在丛林里待着，比在镇子里还安全。我从来没有戴过手铐，不知道把两只手铐在身后，就会失去平衡。我知道，此时此刻，不管遇到什么危险，我都无法抵御，更不能保护自己。这种毫无还手之力的感觉很不好。

迪普在围栏前面停下，呜呜呜地叫了几声。它眼巴巴看着我们一行三人走在枯草丛中，仿佛知道再也不会见到我们，但又太害怕，不敢和我们一起走。为什么它止步不前，不得而知。狗知道的东西，人未必就知道。看到迪普不肯再往前走，我心头一阵阵发紧。走过马围栏的时候，那些马好像受惊了似的。有一匹甚至想冲出围栏，被铁刺刺破也在所不惜。我唤出"老娘"，让它去安抚那匹马。可是它和别的马一样，也紧张得不得了。它跑过来，低着头，尥蹶子，然后原地打转，在铁丝网跟前停下，两条后腿一软，屁股重重地落到地上。我看见它脑袋朝后仰着，因为害怕，翻着白眼。它的那种绝望深深地触动了我。马对事物有一种神奇的预感，你不能像哄骗牛那样用正在发生的事情哄骗它。如果我知道再也没机会骑它了，一定会坐在地上痛哭，一步也不会再往前走。即使丹尼尔用警棍把我打死，我也不会离开"老娘"。然而我不知道，正像我们永远都不会知道哪一次是最后一次——最后一次哭泣，最后一次吃饭。对于我和那匹母马，"最后一次"来了，又走了。那一刻，我只知道要走过晨光下的牧场。毫不怀疑我和"老娘"还有机会一起，在我们最喜爱的丛林里自由自在地行走。

这时，我看见了罗西。她像一棵死树，一动不动站在棚屋旁边看我们。看见这个黑女人站在那儿，我心里一惊，不知道她的出现意味着什么，但总觉得不是个好兆头。老默里人有解读各种兆头的天赋。白人没这个本事。白人不会从今天看到的兆头预测明天发生的事情。只有回首往事的时候才能想起应该如何解读。如果我们有这个天赋，我们的生活就不会是这样，而是另外一个样子。母亲甜甜地微笑着，充满爱意地抚摸着我的头发，一次又一次对我说："我们在黑暗中行走，鲍比·布鲁，对命运一无所知，只有相信我们的救世主耶稣基督。"母亲一辈子就是这样生活的。她的信仰坚定，我却时时处于动摇之中。我看见过刚才还活蹦乱跳的人，一眨眼的工夫就一命呜呼了。我们的生命就是这样脆弱。和走兽没什么两样。厄运落到头上之前，没有任何预感。我不想被丹尼尔和埃斯米的恐慌和焦急影响，可是清清楚楚地感觉到那种恐慌包围着我，就像那些马一样。那仿佛一种无法医治的疾病，让你摆脱不得。我只是一个普普通通的人，没有特别的力量。我知道这一点，已经感觉到了。两只被铁环扣在身后的手感觉到了这一点。没有手，我们会是个什么样子呢？和野兽没有什么区别。而倘若没有信仰，也与野兽无异。我领着那一对绝望的父母向晨光走去。灵魂深处对此一清二楚。知道自己的弱点，肚子里有一种空空如也的感觉。

到了马围栏那头，丹尼尔用脚踩住最下面的铁丝，扯起中间那根，让我钻过去。弯腰往过钻的时候，我不由得想起前不久抓着铁丝网让艾瑞钻过去的情景。后背衬衫被铁刺勾住，我回过头看个究竟的时候，丹尼尔一脚把我踢了过去，我脸朝下倒在地上，衬衫被刮破，铁刺在后背刺开一个口子。没有手和胳膊帮助，很难从地上爬起来。我就像一只公路上被汽车轧伤的鸸鹋拼命挣扎着想要爬起来——我见过鸸鹋像我现在这样，扑棱着翅膀在地上挣扎。丹尼尔和埃斯米钻过铁丝网之后，丹尼尔把我从地上拽起来，推着我向前走。我听见他一直骂骂咧咧，埃斯米却没有说话。这个女人一直保持沉默，只是惊慌失措地瞪着我。看得出，她不知道该怎么办，而一旦决定要干什么，就控制不了自己。我看到，她会在连自己也没有防备的情况下，突然之间做出什么事情。她似乎已经不被自己支配，而是完全陷入恐惧之中。她的梦想就是赶快除掉我，让两个女儿平平安安地回来，把她们紧紧抱在怀里，一会儿哭，一会儿笑，原谅她们让她受了一辈子也没有受到过的惊吓。

我们在丛林里艰难跋涉，我带他们径直向红石头走去。我开始想，等找到艾瑞和米里亚姆，看到她们在自己搭建的窝棚里吃饼干、枣，这两个家伙就该向我赔礼道歉。我想起那天夜里，我和艾瑞盘腿坐在窝棚里，在烛光下聊我们的梦想。我曾经对她发誓，绝不让任何人加害于她。如果需要，献出生命也在所不辞。不公正带来的愤怒在我心里燃烧。看到她们平安无事是我最大的希望。但我也知道，有些情况不对劲儿。我感觉到有一种错误的东西包围着我们。包围着我们大家：我和本，迪兹和艾瑞，所有的人。那种被包围的感觉使得我们头晕目眩，无法直视，无法像在丛林里迷了路那样，绕着圈子走，一次又一次地回到原点，直到把时间完全消磨完。我一直做着我们的小家庭和迪兹、本以及他们的孩子一起幸福生活的美梦。而今，这场美梦在眩晕中化为乌有。

像她的父亲、母亲一样，艾瑞也变了。那天夜里，我亲眼目睹她走进成人世界。触摸到那个世界的一刹那，便有一个声音召唤她继续向前，追寻它。她和母亲的激烈争吵激发出她对摆脱父母束缚的渴望，要成为她自己。这种情况我以前也见过，其实和动物没有两样。一旦觉得自己翅膀硬了，能和父母抗衡了，就继续抗争下去，直到要么死去，要么争取到向往的自由。这很自然。当年本不堪忍受父亲的鞭打，跑到海边汤斯维尔[1]肉类加工厂打工。那时候，本比艾瑞现在大不了多少。再回到山里的时候，本已经是今非昔比。除了最后那次，他父

---

1 汤斯维尔：澳大利亚东部昆士兰州东海岸港市。

192

亲再也没有打他。他明白儿子已经是个和他完全平等的大男人了。艾瑞想摆脱母亲的控制和本想逃出父亲的铁掌完全一样。所有的动物都为离开巢穴而战。我们也是这样。谁不是呢？小猫头鹰冒着生命的危险第一次飞行。我见过。摔到地上之后，它们会用尽最后的气力，对你发出嘘嘘嘘的声音。

我看见一只很大的公袋鼠站在一棵粉绿相思树旁边看我们走过。快走到它跟前时，它没有转身逃之夭夭，而是直挺挺地站在那儿，咳嗽了两声。这只袋鼠让我想起罗西像一个影子似的，站在棚屋拐角。她知道我们三个人不知道的东西，知道我们在那个令人头晕目眩的圈子里的感觉。这就是她。爸爸管她叫黑罗西。爸爸无论碰到谁，都以礼相待。但是小时候我就注意到，他对罗西格外有礼貌。碰到她的时候，他总是抬抬帽子。我相信，他对她和她的知识心存畏惧。袋鼠好像正密切地关注什么，不肯给我们让路。丹尼尔和埃斯米压根儿就没看见它。他们满脑子都是两个女儿，别的什么都不想。丹尼尔催促我快走，好像我是一头固执的野公牛，不肯好好走路。其实我根本就不固执，是因为两只手被铐在背后，没法正常走路。埃斯米穿着裙子、鞋，跌跌撞撞走在旁边，一言不发。她也许连眼睛都想闭上。我相信埃斯米以前一定没有进过丛林。我也相信，那天早晨，为了找回女儿，赴汤蹈火她也在所不辞。我想，或许有一条野狗在打袋鼠的主意，但是没看见有什么踪迹。

刚走出金合欢树丛，两个女孩儿的脚印就清清楚楚出现在一片空地上。没有树荫，太阳照在我没有戴帽子的头上很热。我一点儿也不习惯。我直起腰，说："瞧！她们从这儿走过。"我戴着手铐，没法儿指给他们看。丹尼尔不知道我在说什么。"艾瑞和米里亚姆的脚印，"我说，"这儿呢！瞧！"丹尼尔和埃斯米吃力地分辨着，好像指望女儿从那泥土中浮现出来。看着这两口子，我觉得自己是被两个很危险的人攥在手心里。我尽量让自己镇定下来，平静地说："她们是肩并肩走的。你要是问我的话，很可能手拉着手。她们一定在她们的小屋里，吃饼干、枣，做计划。"那两个人看着我，好像我在说外语。我想让自己微笑，不过我觉得在他们身上也不会起什么作用。

你不会想到在那样一个时刻，我会哈哈大笑。然而，我真的笑了。那是我看到他们满腹狐疑地看着我，然后眯细眼睛找脚印，再抬起头来不知所措地相互对视的时候，我忍不住笑了起来。不过严格地说，也不能算开心大笑，只是因为看到两个女孩儿的脚印，我才不无紧张地咯咯咯地笑了几声。要知道，我一直在找她们的踪迹，心里清楚，要是找不到，我可真的摊上大事儿了。丹尼尔一定以为我在嘲笑他。他回转身，朝我脸上狠狠打了一警棍。这是他过度紧张做出的反应。我看明白了这一点。他压根儿就没有多想。惊慌失措绷紧每一根神经，他只是急于看到女儿还活着，平安无事，把自个儿心里的恐惧都推到我的头上。我没料到他会来这一手，猝不及防，警棍正好打在鼻梁上。我仰面朝天倒在地上，右手压在身下，差点儿压断手腕。手铐的铁齿切开皮肉，疼得我叫了起来。丹尼尔抓住我的衬衫，把我揪起来。他的脸被太阳晒成斑斑驳驳的猪肝色，眼睛下面却是两片白，看起来怪怪的。周围的鸟儿发了疯似的叫着。一群黑色的乌鸦向我们头顶的金合欢树俯冲过来，好像我们侵犯了它们的领地，打搅了它们的"老人"。

我突然变得情绪低落，心里明白这件事情对我不会有好结果。两个女孩儿在小窝棚里的画面依然在我眼前晃动，我紧抓不放，但是我知道，那并非真实的画图。我以自己的方式认识到，我和埃斯米、丹尼尔一样，迷失了方向。我们三个傻瓜在丛林里转来转去，没有判断能力，更把握不了自己的命运。正如母亲常说的那样："我们对自己的命运一无所知。"

来到艾瑞的棚屋，我一眼看到，两个女孩儿不在那里。我的心一沉，骤然间有一种被掏空了的感觉。从她们留下的脚印看，她们俩压根儿就没有在这儿停留，而是一直往前走。估计，艾瑞是到红墙和默里老人的"运动场"去了。我曾经跟她说过那是神秘之地。但是，她偏离了好几度。而在丛林里如果偏离几度，就会"谬之分毫，失之千里"，根本到不了目的地。在丛林里，绝不能犯路线错误，除非你想迷路。丹尼尔在窝棚门口跪下，朝里面张望。埃斯米也蹲下来，手放在丹尼尔的背上，从他的肩膀上面望过去。好像希望两个女孩儿藏在哪个黑暗的角落，正吃吃吃地笑着，跟他们玩捉迷藏。丹尼尔的声音从窝棚里传出来，显得空空洞洞。"没人。"他们俩还蹲在那儿朝空空如也的窝棚里面张望，似乎希望在没有希望的地方发生奇迹。埃斯米说："这么说，家里的枣都跑到这儿了。"说这话的时候，她语气平和，我不由得对她生出一种柔情。我觉得，倘若妈妈遇到这事儿也会这样说。"这么说，家里的枣都跑到这儿了。"好像此时此刻知道她那些枣的下落，是最让她满意的事情。

丹尼尔从窝棚门口爬出来，站起身来，看着埃斯米。她也站起来，两只手拢在嘴边，大声喊："艾瑞——米里亚姆——"她侧耳静听，然后转了转身，面朝南，又喊了起来。她的喊声惊动了一群乌鸦。正在粉绿相思树枝头吃东西的几只凤头鹦鹋也拍打着翅膀、叽叽喳喳叫着飞了起来。我们站在那儿盼望寂静中传来艾瑞的应答。但是只有埃斯米缥缥缈缈的声音，在寂静的丛林中回荡。好像一个幽灵在悬崖峭壁之上喊我们，嘲笑我们的希望。埃斯米站在那儿一遍又一遍地呼喊，突然弯下腰，哭了起来。她大声抽泣，似乎被突如其来的恐惧压垮了。丹尼尔站在她身边，手放在她的背上，束手无策。

我为他们俩难过，打心眼儿里希望这件事情没有发生在他们身上。可是在我内心深处还有一个那天早晨之前不曾有过的陌生人。这个人站在旁边，看着丛林中这一幕，无动于衷。好像他知道一直就应该是这个样子，我们谁也无法做出不同的事情去改变它。这是我第一次看到这个陌生人，我并不想认识他。从打那一天，我许多次和他相遇，他变成我的一个熟人。我看到，那天早晨，我们三个人分享了我们都不理解的什么东西——也许永远都不会理解。那是比我们每个人都要更重大的东西。后来，我有足够的时间去一遍又一遍地思考这些问题，但还是没弄明白。它拒绝我，仿佛一扇大门，紧紧关闭住我的思想。

常识告诉我，两个姑娘一定在我们前面。在我们此刻站的地方和"运动场"南大约一英里之间的什么地方，取决于她们比我们早走多长时间。我不知道艾瑞姐俩是半夜走的，还是等到天亮之后才走的。和上次一样，她们离开家的时候，迪普没有惊动任何人，如果它戴着锁链就不会一声不响放她们走了。因为没有被锁，也许它跟她们俩走了一段冒险之路，直到艾瑞好言相劝，让它回家。我还算不上足迹专家，不能从她们留在泥土上的脚印看出已经离开此地多长时间。她们也许已经走出几英里，也许刚刚走过前面那道山坡。我父亲能看得出。他能在没有月亮的夜晚看到飞蛾在丛林里飞过的踪迹。他有一种感觉，而我没有。他凭感觉寻觅，而不是凭留在地上的踪迹。看足迹不是一种可以教会的本领，那就像歌者的嗓音，要想迸发而出，必须具备那种禀赋。

这块土地绵延起伏、沟壑交错，只有爬上山梁，才能看见周围的景色，找到穿过茂密丛林的小路。步行能看到的景色有限，骑马还好一点。我长这么大还没有在丛林里步行过。在枝叶浓密的丛林里步行，"能见度"最多五十码，大多数情况下，还看不了这么远。这片灌木林是野公牛繁衍生息的好地方。即使步行，我也对它了如指掌。小时候，放学后，我就跑到这儿疯玩，把这片灌木林当自己的家。所以，行走在这里，我根本就不用多想身处何方。因为我知道此刻在哪里。我在想，艾瑞该有多大的勇气才能走过这片丛林。拉着米里亚姆的手，告诉她"运动场"的神秘，鼓励她到老无花果树泉冒险，尽管她自个儿也不清楚怎么才能找到那泉水。从"运动场"到无花果树泉，骑马也得走两天。我看了看丹尼尔和埃斯米，他们俩好像忘了我的存在。我说："艾瑞一定是想去默里老人的'运动场'。那地方离这儿很远。我们应该先回去骑马。从这儿到煤河之间没有水。必须回去给她俩带点水。还得戴上帽子，要不然很快就晒成肉干了。"

他们俩回转身望着我，汗水浸透了丹尼尔刚熨烫过的干净的衬衫，埃斯米湿乎乎的裙子贴在身上。她抬着胳膊，不让裙子粘在皮肤上。他们满脸通红，热得要命，目光几近疯狂，好像掉进陷阱，不知道从哪儿出去。我们在那儿默默地站了一会儿，鸟儿的叫声让我们觉得周围一片空旷。我喜欢这种感觉，但是他们俩一定觉得失去了生活中平常拥有的一切。我能感觉到心把血泵到全身，我觉得自己精神头十足，充满活力。我精力充沛，长这么大还没有生过一天病。我真希望我是骑在"老娘"背上，而不是脚上穿着靴子，头上没戴帽子，一双手被铐在背后，站在丛林中。

我和丹尼尔相互对视着，两个人都等待着什么。究竟等待什么，我不知道，但这种等待仿佛把我们单独关在一个房间里，发誓保持沉默，直到上苍给予我们要说出的话来。我看到非得说点什么了。我说："艾瑞想去老默里人的'运动场'，但方向不太对。"

丹尼尔如梦初醒，用掌心擦了擦脸，擦完之后看了看手。然后看着我，问："你说什么了？"我重复了一遍刚才的话。他和埃斯米看起来被女儿那些想法吓坏了。我说，我曾经给艾瑞讲过"运动场"的故事。听到我说这件事，他们疑惑不解地看着我。我看出找到女儿的希望和他们对于损失与死亡的恐惧在激烈交锋。我也看出他们听我谈关于他们女儿的话题时那种厌恶。我虽然不知道他们对我和艾瑞的关系究竟怎么想，但我敢说一定不是什么好看法。他们不信任他们的女儿，其程度不亚于对我的不信任。他们不知道我是个什么样的人，否则就不怕女儿和我交朋友了。我也相信他们并不了解自己的女儿，只是害怕她出事儿。我说："我们最好回去骑马吧。越快越好。这两个女孩儿一定在丛林里什么地方。步行非常艰难，而且从这儿再往前，只能是越走，路越难。而且沿着分水岭往前走，天也越来越热。"

丹尼尔说："什么分水岭？"好像我对他说的话里隐藏着什么秘密，我在诱骗他。他脑子里一片混乱，怀疑我正把他领进更深的陷阱。他的两个女儿、妻子和他自己都将被有毒的金合欢树丛林吞没。我说："你看不到，是因为那道山岭逐渐升高。我们已经来到煤河这边，地势从这里开始走低。"他朝四周张望。过了一会儿，指着前面的山，满腹狐疑地说："那座山比这儿的海拔高。"我说："没错儿。但是到煤河之前，这一带丛林的地势总的来说是越来越低。过了煤河，又开始向西升高，一直到迪克逊河的分水岭。"我本来可以向他详细描绘干草山以东的地形。那张"地图"都在我的脑袋里装着，但是对于丹尼尔，只能越说越糊涂。他恶狠狠地盯着我，又用手往下擦了一下脸。他是一个正受煎熬的男人。他转过脸看了看埃斯米。"也许我们应该按他的意思办。"埃斯米不高兴地瞪了他一眼。"你要是想回去，你回去吧，丹尼尔·柯林斯，"她说。"我在找到女儿之前，绝不回去。"丹尼尔说："你没必要和我用这种口气说话，埃斯米。我们在这个问题上利益一致。可是如果没有水，我们很快都完蛋了。他的话没错儿。我跟你一样，根本就不想听他说话。可问题是他说的是真话。"

突然之间，好像有人在大风中用火柴点燃了一堆干草，伴随着恐惧、紧张以及相互之间的仇恨，丹尼尔和埃斯米的怒火腾地一下燃烧起来。她转过脸，朝他大声叫喊："你这回高兴了吧？你来山里冒险的狗屁主意实现了，该满意了吧？你把我们一家人带到这儿，丹尼尔·柯林斯，瞧瞧现在落了个什么下场。"他向她俯下身来。"是你让他来家里和两个女孩儿同桌吃饭。这可不是我的主意。瞧瞧这给我们带来多大的麻烦。"埃斯米抬手扇了他一个耳光。丹尼尔向后闪了一下，抓住她的手腕。那一巴掌打得他眼里直流泪，帽子也歪到一边。我以为他要打她，可他没有，只是不让她靠近自己。她叫骂着，挣扎着，要从他手里挣脱。他又抓了她一会儿，让她明白，他比她有劲儿。他如果不松手，她绝对跑不了。她继续叫骂："你是我见过的最愚蠢的家伙！我恨你！自打你到这儿，这些山里人就在嘲笑你。"

他猛地挥了一下胳膊，松开手。埃斯米朝后趔趄几步，撞在窝棚上。他也朝她叫喊着，说来山区是她自愿的，造成这些麻烦的原因主要在她，而不是他。"你他妈的什么事都要管！你不知道给别人造成的伤害有多大。如果你不坚持让艾瑞上寄宿学校，而是听听她的意见，怎么会发生这些事情？"我想，他说的很有道理，可是埃斯米充耳不闻。我看见她那双疯狂的眼睛仿佛动了杀机。我已经记不得他们相互之间都叫骂了些什么，但是突然之间我意识到，那一刻，他们之间的仇恨似乎超过了失去女儿的恐惧。埃斯米拔腿就走。丹尼尔叫喊着，让她回来，可是她继续向前走。我说："一旦她们进了丛林，她就不会再找到她们留下的踪迹。一旦她走进金合欢树林，她就什么也看不到了。那里的枯枝败叶太多了。"丹尼尔转过身，看着我。"我恨不得一枪打死你。"他说。

他回转身，朝埃斯米大声叫喊，让她停下来，等一等。可她还是不停地向前走。他打开枪套，拔出韦伯利手枪，对空中放了一枪。我想，下一枪该轮到我了。枪声在丛林里回荡，埃斯米转过身，看着我们俩。丹尼尔使劲推了我一把，大声喝道："走！"埃斯米站在旁边等着。我从她身边走过，领他们走过那片林中空地，又走进金合欢树林。我有一种感觉，我在走向死亡。

周围都是厚厚的一层枯枝败叶，很快就看不到艾瑞和米里亚姆的脚印。但是能大致感觉到她们走的方向，我沿着丛林中天然的路线往前走，尽量不偏离红墙南边太远。向左边望过去，红色的岩石时隐时现，只有在溪谷里走的时候才什么都看不见。陌生人在丛林里只能走这条路。我知道路上有几个石头坑，下过大雨之后坑里会积水，但愿艾瑞能路过那些水坑。我看不见她们留下的足迹，但是继续往前走，就有可能或迟或早截住她们。在丛林里迷路的人，常常兜圈子，最终又走回原路。齐勒有一次对我说，之所以这样，是因为地球就是兜圈子转。我对这种说法没什么把握，不过总觉得也有几分道理。齐勒知道许多我都不知道的事情。

金合欢树虽然枝繁叶茂，但不高，所以没有多少树荫。这一带的山野很快就变得乱石丛生，高低不平。太阳照在头上，后背被铁丝网刮破的地方火辣辣地疼。我们三个人默默地向前走着。我的嗓子干得冒烟儿。我相信，他们夫妻俩因为吵了一天架，一定比我更口渴。我以前好多次在丛林里一整天喝不上一口水。他们俩谁也不说话，只是在我身后默默地走着。我没有回头看他们如何跋涉。我在想，丹尼尔把枪装回到套子里了，还是仍然拿在手里，以备不时之需。想到他提着手枪紧跟在身后，我就觉得一阵阵头皮发紧。丹尼尔·柯林斯在丛林里总是迷路。我没有吃早饭，脑子里一直想着喝茶，吃两个煎鸡蛋。死神近在咫尺，我居然还想着自个儿的胃。不过那时候，我确实贪吃。

上午晚些时候，我看见左面有一样蓝颜色的东西，便停下脚步转过身，对他们说："那儿有她们掉下来的东西。"我很高兴看到丹尼尔已经把手枪装到枪套里。他和埃斯米走过去，把那东西捡起来。他们走过来，丹尼尔说："她们不可能走远。"他把手拢在嘴边，喊艾瑞的名字。我们等待着。没有应答，但我看见一只黑色的老鹰飞起来，向远处飞去。丹尼尔的喊声消失在粉绿相思树丛中。他和埃斯米对视了一眼。他伸出手，摸了摸她的胳膊，说："对不起，我不该说那些话。"她朝他点了点头，眼睛没有离开手里那块蓝手帕，也没有向他表示歉意。我看见野猪在这里出没，估计附近有水。

我继续往前走，他们俩跟在身后。埃斯米在前，丹尼尔殿后。脚踩在枯枝败叶上，发出嘎吱嘎吱的响声。我爬上一道不高的山梁，走出粉绿相思树丛，脚下是一条陡峭的溪谷。我两只手铐在后面，不知道如何下去，就问丹尼尔可否给我去掉手铐，等下了陡坡再说。丹尼尔说："用不着非从这儿下。那边地势平缓，可以从那儿下去。"他边说边朝远处的缓坡指了指。我说："只有从这儿下去，才能找到水。你们俩也渴了吧。"我看出他犹豫着，拿不定主意是否要给我取下手铐。埃斯米说："如果你给他取下手铐，他就会跑掉，把我们丢在这里没吃没喝，要不然就得开枪把他打死。结果都一样。这都是他事先安排好的计划。你难道看不出来吗？他和那个本·托宾早就做好报复你的打算。可你太傻，居然还相信他们。"丹尼尔没说话，皱着眉头，苦苦思索。

我说："我从来没有过什么计划，柯林斯太太。"她朝我叫喊着："闭嘴！闭嘴！闭嘴！"她叫喊了三次，叫第四次的时候，差点儿呛着了她自己。她手里抓着那块蓝手帕，满脸通红，裙子被汗水湿透，好几个地方被树枝刮破。我说："我只能尽量往下走了。除了这条路，别的地方找不到水喝。"我只好先在陡峭的山坡上蹲下，后背蹭着山石，一点一点地往下挪，一直下到谷底。我觉得自己就像一条断了脊梁骨的狗，拖着屁股往下滑。我庆幸父亲不会看到这一幕。

狭窄的谷底乱石丛中积着一摊摊水。野猪没有来这儿。水坑很小，每个坑里只有一盆水。水很清，我立刻看出，两个小姑娘没来过这儿。如果她们喝过任何一个水坑里的水，那水就会变得浑浊。埃斯米和丹尼尔趴在地上从坑里喝水。他的手枪虽然装在枪套里，但枪套没有扣好。我想，我可以骑在他的身上拔出手枪。这样就可以打败他们。但是转念一想，倘若那样做就会犯下严重的罪行，将我自己和他们都置于死地。这可不是闹着玩儿的事儿。我站在那儿，低头看着他们，想着那个一闪而过的念头，心怦怦直跳。我还在想他打我的那一警棍。轮到我喝水的时候，丹尼尔抓住我的衬衫，帮助我扭动着身子，趴到水坑旁边。水坑里只剩下大约一杯水，已经浑浊不堪。以前，我好多次在更艰难的情况下，喝过比这还糟糕的水。但是从来没有双手铐在背后，肚皮贴地喝水。对我，这倒是新鲜事儿。

天色已晚，我们都已经筋疲力尽。再回到红石头旁边的窝棚时，我发现两个女孩儿几个小时前来过这里。窝棚前面那块沙土地上有人踩踏过的痕迹。我们三个人站在那儿，丹尼尔对我说："你认为她们来过这儿吗？"我第一眼看到的是两匹没有钉过马蹄铁的马留下的蹄印。我松了一口气，没有多想就说："一定是本和迪兹把她们接走了。她们平安无事。本和迪兹从干草山回煤河家，肯定得走这条路。"看起来两个小姑娘在这儿生过火。艾瑞能用经受过暴风雨"洗礼"的枯枝败叶生着火，着实让我赞叹不已。这让我想到，艾瑞根本没有想到自己迷路，更没有张皇失措。我真想把这一点告诉她的爸爸妈妈，他们也可以因此而为女儿骄傲。不过我还没有傻到这个份儿上，现在不是向他们夸耀艾瑞的时候。

埃斯米把丹尼尔拉到旁边，悄悄地对他说了几句话。然后两个人转过脸，用怀疑的目光看着我。丹尼尔走过来，在我面前站定，突然甩开胳膊，朝我头上打了一拳。我被他打倒在地，好半天才挣扎着坐了起来。他蹲在我面前，从枪套里拔出韦伯利手枪，枪口顶在我的脑袋上。"把你和本·托宾合谋对我报复的计划老老实实说出来，要不然我现在就要了你的狗命。"

太阳已经偏西，阳光从粉绿相思树的枝叶间照射过来，落在丹尼尔的脸上。我第一次看见他的眼睛是蓝色的，但是水汪汪的，有点浅。我不认为他真的会这么干。我从他那双水汪汪的蓝眼睛里看到他的软弱，我鄙视他。然而，也许他的软弱和他妻子的疯狂会逼迫他真的对我下手。想到这儿，我有点着急。受了伤的手腕子一跳一跳地疼，因为挨了他一拳，嘴里都是唾沫。我转过头往沙土里吐了一口，往肚子里咽了一口，又吐了一口。如果我不是戴着手铐，他绝对不敢这样打我。他用韦伯利手枪的枪口指着我的鼻子，把我的脑袋转向他。我对他说："你敢再打我一下，柯林斯先生，我就不会对你或者对柯林斯太太再说半个字！你是个软弱的人，你只会欺负弱者。我对你没有一点信任。我不知道你嘴里的我的计划是什么意思。我根本就没有什么计划。如果本·托宾要对你报复，他自有办法，根本不需要我的帮助。"我朝旁边瞥了一眼，又吐了一口唾沫。我的唾沫是红色的，因为腮帮子被他打得硌在牙齿上出了血。我说："本·托宾从来不需要人帮忙。不需要我，也不需要别的什么人。"

丹尼尔站起来。"我们会弄明白的。"他说。我看出他自己在心里打什么算盘。这种人就是这样想问题。他们总是以小人之心度君子之腹。他朝埃斯米看了一眼。埃斯米两手抱着脑袋，坐在那块被人、马踩踏过的沙土地上。我心里说："这是个失败的男人，他会彻底毁掉。"没有什么比这更确定无疑的了。他对妻子说——此刻她像罗西那些喝了一夜葡萄酒的老穷亲戚一样——"我们必须回警务站了，埃斯米。你觉得你还走得动吗？"他走过去，蹲在她身边。伸出胳膊搂住她的肩膀说。她没有哭，我看得很清楚。我不知道她在想什么，也不想猜测他在想什么。被丹尼尔打过的脸很疼，我已经不在乎他们的感受如何了。

我看着丹尼尔和埃斯米，仔细端详他们那副样子，心里明白，毋庸置疑，没有我带路，他们二位绝对不会穿过丛林回到干草山警务站。他们会转着圈儿一遍一遍地走，直到精疲力竭，再也没有力气迈开一步，像被人追赶得连气也喘不过来的小野公牛，颓然倒地，再也爬不起来，只能绝望地躺在地上。情况就是这样。我坐在地上，看着他们，许多想法浮现在脑海之中。想法之一是，我拒绝站起来会怎么样呢？如果我让他们自己走，在丛林里迷路，再也听不到他们的消息，又会怎么样呢？想着丹尼尔和埃斯米在丛林里死去，眼前便出现一幅野狗、野猪把他们的尸骨撕扯得到处都是的图画，就像撕扯牛和老袋鼠的尸体一样。我没必要做任何对他们犯罪的事情。只需告诉他们，我不能戴着手铐、脸被打得青肿，还得给他们带路回家。"不是我把你们的女儿赶到丛林，而是你们自己造成这种后果。"我还要告诉他们："我不欠你们的。你给我戴手铐，打我，没有任何道理。你凭什么因为自己着急害怕就怀疑我，折磨我？现在你自己走吧，丹尼尔·柯林斯。我倒要瞧瞧没有鲍比·布鲁给你带路，你怎么走出这片丛林。"我估计到天亮，我就能走到本的营地，他可以给我取下手铐。然后我和艾瑞就可以到无花果树泉。本会给我们两匹马和路上需要的东西。我在想，如何才能把"老娘"和我的马鞍拿回来，但是想不出一个好办法。或许本哪天夜里可以把马偷出来，送到无花果树泉。我们四个人可以高高兴兴地一起在那儿玩几天，直到我和艾瑞为我们的未来做出安排。我只能想这么远。我觉得我没有犯罪，没有什么可羞愧、可遗憾的。我担心的只是被海岸上的人误解。当局肯定站在他们一边，来追踪我和艾瑞。即使那样也比现在这个样子强。倘若有一天，被他们抓住了，我们也没有什么可坦白交代的，呈现在他们眼前的只有我们在一起的快乐和幸福。艾瑞说得没错，我们俩在丛林里如鱼得水。而对于这片土地，她更有一种与生俱来的热爱。我真是个傻瓜，那天晚上，她来找我的时候，我们本来有机会神不知鬼不觉一起离开警务站，逃到无花果树泉。我应该相信她的判断。想起艾瑞，我心里感到一丝温暖。我应该和她言归于好，向她证明我是一个可以信赖的男人。我很后悔没有按她的计划去做。后悔我的愚蠢。我总是喜欢诚实，不愿意在这样的事情上说假话。母亲从来不会因为我做了什么不诚实的事情而抬不起头。这一点我知道。

丹尼尔拉起埃斯米，向我走过来。他绕到我身后，把手伸到我的胳肢窝下面，把我弄起来。"走！"我靠在他身上。"我哪儿都不去，"我说。"你要是想回到警务站，最好现在就走，要不然天黑前你到不了。我就待在这儿了。"我直盯盯地看着他的一双眼睛。"我受够了。我被你双手铐在背后，在丛林里走了一天。我被你一次次暴打，因为你不相信自己的女儿。我就到此为止了。"

　　我看见他那双淡蓝色的眼睛闪烁着怀疑的光，心想我赢他了。"把手铐取下，"我说，"我会把你带回去。但是给我戴着手铐，我绝不走半步。"埃斯米走过来，说："别给他取，丹。他会把我们扔在这儿，自己逃走。"丹尼尔看着我。"如果你愿意，可以在这儿待着，"他说，"我会把你的衣服扒光，绑在你身后那棵树上，直到我们回来给你收尸。"他微笑着。"那还得看我们能不能再找到这个鬼地方。"我说："我没看到你有什么可以绑我的东西。"他好像早已深思熟虑，得意洋洋地说："我可以把你的衣服撕成布条绑你，绑得结结实实，你信不信？"我说："你们自己走肯定会迷路。"他说："也许吧。那对于绑在这儿等我们回来营救的你就太糟糕了。你也许还记得，"他说，有点自鸣得意，"我那天可是一个人从煤河边你那个混蛋朋友的狗窝回干草山警务站的。而且那是夜里，漆黑的夜晚。现在，你把我们带到这儿。戴手铐的是你，不是我。如果我对你还有点了解的话，相信你会带我们回家。所以，你看，我还不是你想象的那种百无一用的倒霉蛋儿。现在是你听我的吩咐，不是我听你的吩咐。”

我说：“是你那匹老马‘最后的胜利者’把你带回家的。你像个小兔子一样不知所措。我看见过你在红墙旁边留下的那些杂乱无章的脚印。今天你没有骑马，柯林斯先生。如果你把我绑在树上的话，你会和我一样会死在丛林里。”他说：“那就让我们看看谁对谁错，好吗？是你，还是我。”他走到我面前，解开我的裤带，面带微笑看着我，好像知道，他赢了。我说：“好吧，我带你们走。”他往旁边挪了挪。“走吧！”我说：“给我系好裤带。”他给我系好。我说：“我没有犯罪。你没有权利给我戴手铐。”丹尼尔往后退了两步，说：“你和本·托宾合谋拐骗我的女儿，这还不是犯罪吗？”他说这话的时候冷笑着，我听了很不舒服，而且吓了一跳。我说：“你女儿会告诉你，根本就没有什么合谋的事儿。离家出走是她的主意，是她自己愿意做的事情。”他什么也没说，使劲推了我一把，让我赶快走。

我沿着那道石头山坡一步一步向前走的时候，在心里琢磨他说的那些话。我吃了一惊，开始看到他们俩打算如何处置这件事情。他们有权，想怎么说就可以怎么说。我虽然极力让自己相信，到了本的营地，见到艾瑞，一切就都水落石出，误会也会消除，但是现在我不敢指望事态会朝这个方向发展。我迫不及待，盼望赶快找到艾瑞，听她支持我，把事情的来龙去脉原原本本告诉她的父母。

过了一会儿，我听见身后没有动静，不由得回过头，看见丹尼尔和埃斯米远远地落在后面。他叫喊着，让我等一下。等他们走过来的时候，我发现埃斯米哮喘发作，老半天喘不过气来。我站在旁边看着，心里想，刚到警务站的时候，我们相互之间那么友好，现在这两个人却成为和我纠缠在一起的最危险的敌人。天渐渐黑了，我完全可以趁夜色从他们眼皮子底下溜走，再返回去，跑到煤河。但实际上，我的心肠还没有狠到这个地步。夜幕降临，我轻而易举就能甩掉他们。事实上，就是白天，如果我想溜走，也不是什么难事，不管戴没戴手铐。但是我不愿意这辈子脑子里总留下一幅他们俩为了活命在丛林里无望挣扎的图画。他们属于那种靠手电筒才知道往哪儿下脚的人，而我就是他们的手电筒。我知道，我不能丢下他们不管。只是希望我能。

我不止一次停下脚步等待他们。他们那副傻乎乎的样子在我看来简直像小孩儿。我从来没见过还有比他们俩更让人觉得待错了地方的人。我真希望他们找到女儿之后，赶快回海边去。不过我也不敢多想。我怕我和艾瑞因此而分开，再也不能相见。我还没有傻到不把她看作我生命中最宝贵的人。

我的右手腕肿得老高。我想也许皮肤被手铐磨破了。我特别想抽烟，肚子更是空空如也，想吃点东西。以前我有过一天不吃东西的时候，但是从来没有一天不抽烟的时候。漫长的一天渐渐成为过去。走过昏暗的丛林，暮色越来越浓。我仿佛走入梦境，梦中只有我和丹尼尔两个人。我们俩一决雌雄。我把他打得浑身流血，倒在地上。他求我原谅他在我身上做的错事。这个我对他报仇雪恨的梦，让我振作起来。

然而，这样的梦只能让预言家看到未来，不会让我们预测自己会变成什么样子。也许这样很好。因为我们没有从梦境中看到什么坏处，但是可以从那梦中得到慰藉。如果能够看到未来，就不会有梦，只能去想逝去的岁月留下的残骸。

十一

回到马围栏的时候，下弦月已经沉没一个多小时了。天边升起第一缕曙光，清冷的灰色笼罩了整个世界，低低的晨雾遮蔽了这一片开阔地。回来的路上因为埃斯米哮喘发作，我们不得不一次又一次停下来休息。有几次我担心，她可能走不回去了。他们离我还有好长一段路，我不等他们帮忙，自己趴在地上，慢慢挪动着，从铁丝网下面爬过去。迪普打从听见我们穿过丛林，向马围栏走来，就一直汪汪叫。但是它没跑过来迎接我们，只是汪汪叫着，没有丝毫欢迎之意，反倒有一种我不想听到的悲凉。我纳闷，它为什么不来迎接我们。走过马围栏的时候，那几匹马一动不动，全都挤在一个角落，大眼睛朝我这个方向惊讶地张望。埃斯米一定被铁丝网勾住了。我听见她在尖叫。在这个让人沮丧的早晨，那凄厉的叫声就像母马难产时发出的哀号。并非人语，只是动物精疲力竭时的哀号。我在棚屋旁边等他们向我走过来。

丹尼尔好言相劝，几乎要背着她走完这段路。埃斯米呼吸困难，几近崩溃，靠在门上喘着粗气。丹尼尔告诉我坐到吉普车后排座。我坐进去之后，他就把我铐在车轮罩上方的把手上。把我锁好之后，他从车里拿出那支 .303 步枪。我看见他们俩朝警务站艰难地走去。她靠在他的胳膊上，呼哧呼哧地喘着粗气。他像士兵一样，把那支步枪挎在肩上。我想起，他当警察、来山区之前，曾经在新几内亚当过好多年兵。看着他身背步枪、衬衫和裤子上沾满污泥的样子，我觉得他就像一个撤离战场、搀扶着受了伤的同志走了一夜才回来的战士。屋子里的灯亮了。我听见他们说话的声音。迪普不再汪汪叫了，只是不时发出一阵从呜咽变成的哀号。

我打了个盹，不成想吊在汽车门把手上的手铐突然扣紧，猛地惊醒。我的两个手腕都肿得老高，鲜血直流，疼得我大叫起来。办公室的灯亮了，丹尼尔的身影在窗口晃动。他在打电话，声音很高，但我听不清他说什么。我头疼欲裂，情绪低落。我知道我和他们已经不可能正常相处。不管艾瑞对他们怎样解释，也已经于事无补。在这件事情上，我们走得太远，无法逆转。丹尼尔和埃斯米属于那种永远都不会向他们雇佣的人道歉的人。他们再也不可能以对待任何别的男人或者女人的正常礼仪对待我。没有回头路可走了。

他们走出房门向我径直走过来。埃斯米手里拿着乔治·威尔逊那支老式霰弹猎枪，在前排副驾驶的座位上坐下时，装在围裙口袋里的子弹发出丁零当啷的响声。埃斯米·柯林斯从一个友好的年轻女人变成一个疯狂的老女人。她脑海里只有一幅图画：两个女儿被她认为凶残无比的本·托宾控制。恐惧和疯狂交织在一起，她下定决心一定要把女儿夺回来。她紧握乔治那支老枪，好像那是她的救星的一只手。我本来可以告诉她，那支枪右边的枪筒不发火，因为弹簧松了。但她是个不可理喻的女人，说也没用。丹尼尔戴着宽边软帽，帽带系在下巴下面。我注意到他那支韦伯利手枪装在枪套里，套盖儿扣着。看起来他特意"打扮"了一番，让自己更像个真正的老板，更具权威性。我知道，虽然现在女儿还没有找到，他已经在心里琢磨如何写报告给海岸边的上司了。他想在被他看作蛮荒之地的偏远山区把自己打造成一个大人物。而干草山人谁都会告诉他，这是一块平静安宁的土地。我得说，他们俩都喝了酒，因为身上一股酒味儿。他把那支.303步枪放在前排座中间。我估计那个电话是他打到海岸的。这个点儿，除了警察局的同事，他能打电话给谁呢？他们坐在前面，什么话也不说。埃斯米把乔治那支老霰弹猎枪放在腿上。

我们出发的时候，太阳快升起来了。但他还是打开车灯，灯柱在前面的灌木丛里跳动着，明灭不定。汽车一路颠簸，我的后背已是伤痕累累。胳膊腕子疼得要命。那剧烈的疼痛不但一直窜到胳膊，而且窜到整个胸脯，有几次疼得我差点昏过去。丹尼尔一到岔路口就放慢车速，大声朝我叫喊："哪条路？"我告诉他。他一打方向盘，车猛颠一下，飞驰向前，直到他又不知道该走哪条路。我不得不让他放慢车速。太阳升起，阳光穿过树木，像刀锋一样刺向眼睛。我们已经来到通往煤河的岔路口。河水静静地流着，不过只有一两英尺深了。丹尼尔开着车，涉水过河，没费什么周折就驶过淤泥滩，开到对岸。尽管冷风习习，但因为疼痛和焦急，我浑身冒汗。丹尼尔把车开到离本的住处前门大约二十码的地方，关了马达。

打从那天起，我在审讯中多次详细谈到接下去发生的事情。我一直努力还原事实真相。我看到的情景和埃斯米后来讲的大相径庭。埃斯米说的完全是另外一个故事。法庭上，关于那天早晨在煤河岸边本·托宾家门前发生的事情有好几个完全不同的版本。但我坚持我亲眼所见，从来没有改变我的口供。从那以后，煤河的名字远近闻名。煤河再也不是从前的煤河。我所知道的，我所看见的，都如下文所叙。

那辆吉普是左座驾驶。埃斯米坐在丹尼尔右面副驾驶的位置，就在我的前面。她没等汽车停稳就跳下车，结果绊了一下，跪在地上。她摔得很重，乔治·威尔逊那支老枪从她手里飞出去，落到前面的泥土之中。她抬起头，第一眼看到的是站在门口的本。她后来声称，她认为本是冲她来的，她担心会丢掉性命。她向前爬了几步，抓过那支老枪，急急忙忙举起来，连准都没瞄，用左枪筒放了一枪。骤然间，弹丸横飞，打到门的一侧，有几颗打到本的肚子上，他转了一下身，伸出手抓住门梁，没让自己倒下来。他做梦也没有想到自己会被枪打中。我看见他脸上一副惊讶的表情。他努力让自己站稳，回身抓起放在门后那支打蛇用的口径 .22 的单发小型来复枪。他从门口向前跨出一步，手里提着那支来复枪，没有对准任何人。只是大声叫喊。喊了些什么我已经不记得。好像是他想控制住局面，弄清到底发生了什么事情。

这时候，同时发生了两件事情。埃斯米开枪之后，艾瑞从厨房后面跑出来，迪兹紧紧抓着她的胳膊。艾瑞叫喊着："妈妈！妈妈！"埃斯米手里还拿着那支老枪，跪在地上。也许艾瑞以为妈妈被打伤了。这时候，丹尼尔跳出吉普车，摸索着打开韦伯利手枪的枪套，我不由得想起小时候看到的乔治·威尔逊被那个坏蛋打得跪倒在地之后，摸索着掏枪的样子。但是事情并非到此为止。丹尼尔举起"韦伯利"朝本开枪。砰砰砰，连续三枪。此刻，我依然能听见那三声枪响。丹尼尔没有站稳，也没有瞄准，举枪就打。他扭歪了一张脸，对本叫喊着什么。也许是咒骂。我说不准。艾瑞叫喊时，埃斯米转过脸，大喊着让她进屋。丹尼尔举起韦伯利左轮手枪朝本开了一枪，本举起来复枪也朝他开了一枪。我看出丹尼尔很着急，没有很冷静地瞄准，没有打中本。对于他这个军人出身的警察，击中目标本来不是什么难事。丹尼尔打第三枪的时候，米里亚姆从本的身后跑出来，跑到门廊。丹尼尔的第三发子弹正好打在她的胸口，米里亚姆应身倒下。几乎同时，本的子弹打中丹尼尔脑袋的一侧，丹尼尔也扑倒在地。

只要我还活着，就不会忘记小米里亚姆仰面朝天倒在本那幢房子坚硬的泥土地上又弹起来的惨状。这个孩子倒地的记忆仍然让我翻肠倒胃地难受。她好像一个胶皮做的娃娃。我回头看丹尼尔的时候，发现本那枪打中他的脑袋。他面朝下躺着，鲜血从头上流了出来。我看本的时候，他已经把枪扔到地上，跪在米里亚姆身边。我不知道他是因为埃斯米打过来的弹丸打伤了他的肚子，支撑不住跪了下来，还是想救活那个孩子。埃斯米又朝他开了第二枪，但是像平常一样，没有打响。乔治从来不用右枪筒。

我清清楚楚记着这一切。别人记得和我记得不完全一样。但是我相信自己的一双眼睛。别的事情我也记着，但是不像最初几秒钟那样清晰。我还记得埃斯米在本的家门口双手抱着小女儿的头，来回摇晃着，哭喊着。艾瑞站在她旁边，叫喊着，两只手抓她的母亲。我还记得，当时我心里想，这是一个怎样的孩子呀！我回过头，看见丹尼尔动了动，脑袋偏到一边。他睁着眼，我很高兴他还没死。他的嘴唇动了动，我猜在说什么，或者想说什么。他那顶宽边软帽飞出去，落在院子里，在早晨的微风中来回滚动着。我清清楚楚记得。本一直说，刚看见柯林斯太太从汽车里下来，绊倒在地，他是想跑过来帮她站起来的。他说，他全然没有想到她会朝他开枪。可是埃斯米一口咬定，本用来复枪威胁她，所以她才朝他开枪。此举危及她的生命，她"如是说"——这是警方常用的术语。也许她说的是真话。因为她是一个处于恐惧与惊慌中的女人。而且我们到本的住地时，她已经筋疲力尽，根本就没有坐下来心平气和地谈任何事情的心情。特别是涉及两个孩子这样的大事。但是不管她怎么说，事实是，本拿起放在门后的 .22 来复枪之前，她已经端起乔治那支老双筒猎枪朝本放了一枪。

　　我不想说埃斯米在朝本开枪这个问题上为自己狡辩是撒谎。也许她认为她说的是真话。但是我坚信，如果她没有开乔治那支老枪，后面的悲剧就不会发生。事态或许会朝另外一个方向发展，绝不是这样一个结果。这一点毫无疑问。法庭上，无论谁听到她的哭诉，看到的都是这样一幅图画：一位母亲跪在那个拐骗了她孩子的凶残的畜生面前痛不欲生。她声称，她在绝望中扣动扳机是为了自卫。我不知道她说了多少次这样的话。后来，关于那天早晨煤河发生的事情还有许多不真实的报道。而且就从那天起，煤河这个名字在海岸人们当中成了一个黑色的传说。那位寡妇和她死去的丈夫成了英雄。真实和小米里亚姆以及她的爸爸被长久埋葬。

我被铐在吉普车上，动弹不得，但我看到了所有的场景或者看到了绝大部分。我虽然不可能同时向两个方向张望，也想不起丹尼尔是如何跳下吉普车的，但他确实站在埃斯米身后不远的地方，紧跟着她放出第一枪。整个事情只有几秒钟，但是要说清楚却比这几秒钟不知道要长多少倍。我们的生活就在这令人困惑不解、惊慌失措的几秒钟内发生了巨大的改变，而这种改变原本不会发生。本·托宾本来已经准备好那天早晨把小姐俩送回到她们父母的家。我相信这是真的。如果本有机会做到这一点，他和丹尼尔就有可能达成谅解，相互信任，甚至成为朋友。他们可能会从这件事情领悟到什么，丹尼尔会对山里人有更多的了解。起初，躺在斯图尔特监狱的小床上，喧闹声常常让我难以成眠。我经常想象着本开着他那辆万国卡车，来到警务站，迪普在车轮旁边跳来跳去。两个女孩儿经历了她们的人生冒险之后，和本并排坐在车里，从车窗里招着手。在那些不眠之夜，我仿佛看见埃斯米系着围裙，从警务站走出来，看到女儿和本平安回来，喜出望外。她邀请本到厨房和家人一起吃早饭。我微笑着听他们一起嘻嘻哈哈地笑着，讲这两天的经历，好像那是他们一起分享的一次冒险。这样的白日梦我做了无数次——我们生活的故事有一个美好的结局。但是现实生活并非如此。在这本书结束之前，有些事情我必须告诉读者。

十二

在斯图尔特监狱，我和本被分开关押。报纸上刊登这个案子的时候，我们都被描绘成没有良心，对自己的同胞没有丝毫怜悯之情且无恶不作的坏蛋。报上说：本·托宾和他臭名昭著的搭档罗伯特·布鲁伊特，别名鲍比·布鲁，多年来一直欺压干草山镇奉公守法的百姓。他们的凶残人所共知。丹尼尔·柯林斯是一位从新几内亚退伍回来的澳大利亚老兵。他在部队时是下士，新近被派到干草山警务站工作。到任之后，他决心清算托宾和他同伙的罪行。柯林斯警察曾经穿越苍莽丛林，独自去托宾在煤河的巢穴，逮捕他，为被他凌辱的一位年轻的土著姑娘伸张正义。报纸上说：托宾出狱之后发誓要对柯林斯警察报仇。他和他的同伙罗伯特·布鲁伊特密谋博得柯林斯家的信任，以便拐骗、猥亵柯林斯家两个年轻姑娘，报复丹尼尔·柯林斯。

没有人提到这个柯林斯警察因为柯林斯太太在煤河毫无来由地先朝本·托宾开枪，失手打死自己的女儿。报纸上刊登的关于煤河的报道中心是那位痛失小女儿的母亲、英雄丹尼尔·柯林斯的遗孀——埃斯米。她的痛苦、悲伤和勇气被大加渲染。她大无畏的英雄主义特别表现在坏蛋本·托宾打死她丈夫之前，她先打伤了他。报纸上刊登了一张照片。照片上埃斯米·柯林斯太太身穿黑色长裙，头戴面纱，拉着劫后余生的女儿艾瑞的手，出现在汤斯维尔她被杀害的丈夫和他们最小的女儿米里亚姆的葬礼上。这张"母亲的悲伤"的照片引起强烈的反响，普通老百姓都愤怒地呼喊，要替她报仇雪恨。埃斯米被描绘成一个具有超凡的勇气，为干草山人民的福祉慷慨奉献的女英雄。

被押回监狱后两三天，监狱门外聚集了一群人。他们挥舞着标语牌，齐声高喊，要求判本和我死刑。我想，如果警察局把我们放了，这些人也会想方设法把我们吊死。我们被说成这个地区有史以来最没有心肝的罪犯。人们一旦从报纸上看到这个报道，就不会再还原事实真相。有一家报纸甚至把这件事情说成"煤河大屠杀"。这种说法不但谬误百出，而且非常愚蠢。报纸造谣撒谎，歪曲真相，就是为了激起公愤。事实上他们也达到了这个目的。他们都是城里人，对丛林有一种天生的恐惧，总想听到崇山峻岭、茫茫丛林中发生了什么让人毛骨悚然的事情。乔治·威尔逊在干草山当了那么多年警察，没发生过一起案件。然而，对于他们这并无意义。何况大多数人，包括媒体人，从来没有听说过干草山，所以他们能知道什么呢？结果，类似"煤河大屠杀"这种无稽之谈，人们听了不但不感到惊讶，反而越发确信那是一个无法无天的地方，到处都是凶残狠毒之人。如果有人问我，我就会告诉他们，这件事情之所以发展到后来无法控制的地步，部分原因是，柯林斯夫妇一开始就对山里人有偏见。出事后，认为凶多吉少，一定会发生什么惊天大案。那天，他们根本就没必要给我戴手铐，更不应该打我。如果他们不是那样惊慌失措，而是给我一个机会，用不着费多大周折，我就能帮他们找到女儿。

我被送到斯图尔特几天之后，就收到乔治·威尔逊托一个看守捎来的口信。他告诉我，齐勒照顾"老娘"和警务站的那几匹马，迪普也被他带到酒馆去了。关于迪兹，他什么也没说。我不知道本有没有她的消息。我和本被关进监狱之后，一直没有见面，直到审判的时候，才见了一面，也只能点点头。

报纸上一直没有提到的是，那天上午，"枪战"之后，是本·托宾负责处理"后事"，把我们一起送回到干草山警务站。我们乘坐吉普车从煤河回到警务站的时候，"飞行医生"的飞机已经到达，正在等我们。和"飞行医生"一起从海岸来的还有两个刑警。他们正等着抓我和本。这件事他们当然是二话不说立马就办了。那天夜里，在那个窝棚前的泥土地上发现两个女孩儿、本和迪兹的足迹后，我们立刻返回警务站。回来之后，丹尼尔就给海岸警察局总部打了电话。就是我在吉普车里看到的他打的那个电话。他向他们求助，同时请求他们安排"飞行医生"到干草山。因为他和埃斯米都非常担心，两个女儿会受到某种伤害，而干草山没有医生。我不知道他们认为本会对他们的女儿做什么事情，他们一直没有说过。但给人的印

227

象是，本肯定没干好事。

丹尼尔、米里亚姆的尸体，还有埃斯米和艾瑞都被飞机送到汤斯维尔医院。我和本戴着手铐被那两个刑警关押到干草山警务站的牢房里。这个故事从来没有被人提及的部分是：本把吉普车从煤河开到干草山。正是他帮助埃斯米把丹尼尔放到汽车后面。本沉着冷静，埃斯米早已六神无主。本的肚子和腰都被子弹打伤，但他顾不得自己，而是强忍着疼痛，担负起把那一家人尽快送回去的责任。本是个遇到麻烦时头脑特别冷静的人。我和他一起长大，对此深有体会。丹尼尔第二天早晨死在汤斯维尔医院。医院打电话把这个消息告诉那两位刑警之后，他们便来到牢房，指控本和我犯了谋杀罪。这之前，我们已经被指控合谋拐骗未成年人，还有别的罪名，我已经忘了。他们说我是本的共犯。在杀死警察柯林斯的问题上和本同样有罪。他们以杀人犯的罪名指控我，我当然很不情愿，不过我也没有提出抗议。不管怎么样，我和本是一案。这一点我很清楚。

刑警宣布了我们的罪行，扬长而去之后，本说："如果打死警察，就只能上绞架了。"我仍然认为真相总会大白于天下。他们迟早会放了我们，甚至感谢我们帮了他们的忙。我说："艾瑞会告诉他们究竟发生了什么。那时候就真相大白了。"本听了我的话哈哈大笑。我很快就明白，我居然生出这样的念头，真是天真的大傻瓜。法庭和报纸一样，歪曲、夸大了事实。一开始我和本听了起诉人的指控还笑得出来。后来听惯了他们的喋喋不休，就懒得再听。政府给我们指派的律师名叫阿尔弗雷德·卡岑。这个姓很特别，所以至今我还记得清清楚楚。阿尔弗雷德明确告诉我们，势必受罚。他让我们做好最坏的思想准备。他身上有一股格罗格酒味儿。他自己就悲观厌世。他是我父亲不屑一顾的那种人。我为他难过，不认为他是坏人，只不过时运不济罢了。他告诉我，有人威胁他，如果他敢为我们辩护，说我们无罪，就会取了他的性命。他说这话的时候，面带微笑。"我觉得，没有多大的希望，鲍比。"他说。我对他说，不必太费心，我已经预料到会是个什么结果。

在干草山警务站，那两个刑警给我们戴上手铐，把我们狠狠地打了一顿。他们说，因为我们拒捕。这纯粹是胡说八道。我们知道，他们之所以这样做，是因为他们自己的人被打死，拿我们报仇。在把我们送进监狱之前，我和本被这两个家伙攥在手心里，他们想怎么对待我们，就怎么对待我们。在开车去海岸的路上，这两个刑警说，要把我们俩毙了。我相信，如果他们觉得能逃脱责任的话，完全可能把我们杀死在路上。本知道如何嘲笑他们，常常惹得这两个家伙大为光火。我却只能咬紧牙关，不理他们。本从打儿时起，就习惯了挨打，所以不把挨打特别当回事儿。这把他们气得发疯。

在去海岸的十二个小时期间，他们俩轮流开车。我的手腕非常疼，本因为挨打，因为肚子上的枪伤，昏迷过去。我们还被铐着。本的烟草被他们拿走，他们也没有给我们任何东西吃。我没有可被他们拿走的烟丝，不过手被铐在背后，即使有，也没办法给自己卷支烟。如果有烟丝的话，或许会试试。向海岸驶去的时候，我一直担心，我不在期间，"老娘"和迪普怎么办。我知道，本更放心不下迪兹。她一个人留在煤河，肚子里怀着他们的孩子。

我已经两天没吃东西，也没怎么喝水，脑子糊里糊涂，只想抽口烟。因为戴手铐，两个手腕都受了伤，到达汤斯维尔，关在拘留所的牢房里之后，也得不到治疗。右手腕严重感染，疼得夜里睡不着觉。毒气上升，胳膊溃烂，伤疤至今清晰可见。

人们说，在汤斯维尔，审判我们的规模比一年一度的竞技表演还要大。我被描绘为一个懦夫、本·托宾凶恶计划心甘情愿的追随者。他们还说，本因为曾经被柯林斯警察送进监狱，怀恨在心，伺机报复，我是跟着他犯下十恶不赦的罪行的。其实本·托宾已经把这件事情的来龙去脉说得非常清楚。如果能听听他的解释，他们就会看到，这场悲剧完全是柯林斯夫妇造成的。是因为丹尼尔和埃斯米急于见到女儿，同时因为他们对山里人的生活方式、解决问题的办法一无所知而犯下的大错。本说："那天，我们到干草山看望迪兹的亲戚。回家的路上，骑马穿过丛林的时候，在红墙旁边的石头窝棚看见那两个姑娘。两个姑娘中比较小的那个，米里亚姆，被她父亲打死的那个，正在哭泣。大一点的那个虽然很镇定，但是因为迷路也很着急。我和迪兹把两个孩子抱到马上，带她们一起回到我们在煤河的家。迪兹安顿她们在床上睡下，还特别安慰那个年纪小的孩子。我们那儿没有电话，"本对他们说，"本来打算第二天早晨吃完早饭就送她们回警务站。警察和他的妻子开着吉普车来到煤河，他的妻子用乔治·威尔逊那支老双筒猎枪朝我射击的时候，两个女孩还在睡觉。"本说他非常难过，那颗 .22 子弹打死了丹尼尔·柯林斯。不过那是因为柯林斯正朝他射击。他全然没想到他那支来复枪，一枪就打死了柯林斯。他只是想让他躲开，同时给自己争取半秒钟的时间，冲出火线。"那一枪很不走运，"他说，"或者很走运。取决于你怎么看。因为那个警察不停地射击，威力很大的.38的子弹迟早会射中我。"但是法庭里没有一个人听他的陈述。大家都认为他是为了救自己的命，瞎编的故事。他们认为，倘若是他，他们自己也会编造这种谎言。但是本并没有撒谎。他说的完全是事实。他知道没有救自己一命的希望。

　　艾瑞一直没有露面，柯林斯家被描绘为良好的基督教家庭。丈夫是战斗英雄，也是一位温文尔雅的父亲，母亲是一位为干草山人的福祉积极工作的社会工作者。她恢复了干草山网球俱乐部和妇女协会的工作，保护土著妇女不受像本·托宾这样的坏蛋欺凌。律师说，柯林斯一家毫无自私自利之心、讲究文明，是一个模范家庭。他们心里只有社区的福利和女儿的幸福。可以说，此话不假，正如汤斯维尔的"好人家"那样。罗伯特·布鲁伊特（就是我）利用了柯林斯家的信任和善良的秉性，后来又以最没良心的卑鄙行为背叛了这一家人。把两个女儿诱骗到丛林中，带到可以被本·托宾抓到的地方。之后，本·托宾为了他卑鄙的目的，把两个女孩儿带回到他在灌木林里的隐蔽之地。他们从来都没有说清楚那"卑鄙的目的"是什么，但是似乎谁都心知肚明。因为那正是他们自己心里的想法。听到他们这样说，我简直恶心透了。有一天，我看见我的哥哥查理在旁听席坐着。我看他的时候，他低下头看自己的膝盖。我知道，他是为有我这样一个弟弟而羞愧。我很高兴艾瑞一直没有到庭，用不着听所有那些无稽之谈。我知道，如果看见她坐在下面，我一定苦不堪言。她没有在场，我轻松了许多。这是我不曾预料到的。

在法庭上一遍又一遍地听他们历数我和本的罪行，到后来，对他们说的那些话我居然也半信半疑。有时候不由得想，也许真是那么回事儿。我发现已经很难准确地记起到底发生了什么事，很难在我自个儿的脑子里，把事实与谎言、夸张分开。回答律师的提问时，常常语无伦次。过了一段时间之后，我甚至发现愿意同意他的说法，只想着赶快结案，好让大家都轻松点。他问什么我都只想回答"是"，只求结束这一场疯狂的闹剧。不到一个小时，陪审团就再度出庭。当他们说，对我和本所有指控的罪行都成立时，在场的人都站起来鼓着掌，齐声欢呼。我对这个裁定也松了一口气。现在很难想象，但是那时候，我真的觉得自己是罪有应得。就像别人一样，我也确信自己真的有罪。两个星期之后，我和本又被带上法庭，听法官宣判。

　　法庭里挤满了人，都想听到对我们而言最坏的结果。人们等待着，一片寂静。法庭的书记员跟在法官身后，两只手端着一顶黑帽子，置于法官的假发上方[1]。法官看着站在被告席的我和本，还有几名法警，对我们说，判处绞刑。我看了本一眼。他面带微笑。我很高兴能和他一起上路，而不是孤零零地被他留在身后。那时候，我想过个小康生活的梦想已经完全破灭，对自己的生命也不再珍惜。能和本一起赴死是那一刻我最大的心愿。他们还没有确定执行绞刑的日子，但对我来说，哪天执行已经无所谓了。这不是我说了算的事情，一切的一切很快就会成为过去。全都结束了。不管怎么说，看起来这个结果很正常。我对死并不害怕。如果几个月之前，有人告诉我，三个星期或者十天之后，我就要死去，我会立刻跑出一英里。可是现在已经无动于衷，只是觉得心里空空落落，就好像审判已经掏空了我的生命之湖，只剩下湖底的淤泥被太阳晒干。那一刻，一切都无所谓了。我想也许是因为处于震惊的状态。

1　这是澳大利亚古老的传统，法官宣判犯人死刑时，自己不戴黑帽子，而是由书记员端在手中，置于他的假发之上。

后来，我改变了这种看法。但当初就是这样想的。当法官宣判的时候，我既不害怕，也不绝望。心里想："哦，鲍比。你这辈子完蛋了。就像法官说的那样，相信下辈子主的仁慈吧。"如果哪天有机会，我一定会为这句话，向法官表示感谢。我对他没有什么反感。我相信，他也并不是特别憎恶我们。我们只是扮演各自的社会角色，说的是不是真话已经无关紧要。真实被埋没，我们都已遗忘。审判期间，煤河发生的事情被一次次歪曲，一次次重新编排，我真的相信我是罪有应得。但是我不相信我是坏人，从来不相信。我认识到，在法律面前，没有好人坏人，只有有罪无罪。我和本被发现有罪，归根结底，这是问题的实质。

米里亚姆和她的父亲死了。这是无可争辩的事实。对于他们的死，我们都负有不同的责任。埃斯米和艾瑞将在今后的日子里，承受这损失带来的巨大的痛苦。我和本去承受同样的痛苦，没有什么不公平。当法官说出那番话的时候，我没有看埃斯米。我很高兴，艾瑞那天不在法庭，没有听到宣判。我知道，我不再属于他们的世界，我不再渴望得到那些不可能得到的东西，不再奢求回归到昔日的欢乐，我也没有任何懊悔。那一刻，死亡在我的心中犹如老默里人的"运动场"，冰冷而空廓，宛如星光下一袭丝绸长裙微微闪光。想到这一点，我会面带微笑。如果说有一丝懊悔的话，只是失去了"老娘"。想起它，我的心就隐隐作痛。

十三

我们被宣判之后的那个星期，哥哥查理来监狱看我。他给我带来母亲的《圣经》和她那块包《圣经》的丝绸红围巾。我闻了闻那块围巾，但是已经没有她头发的气味。我知道，她不会在这样一个地方陪伴着我。有一会儿，因为妈妈不能与我同在，我痛恨这个地方。查理是我唯一的亲人，警察局把《圣经》、妈妈的头巾、马鞍和我别的一些生活用品交给了他。那两个刑警搜查了我在干草山的家，没收了这些东西。查理把《圣经》交给我，说："你一向是她宠爱的孩子。"他面带微笑，看得出他说这样的话，并无恶意。他是我的哥哥，尽管也是个陌生人，但是除了爱，我对他没有别的感觉。

他穿着漂亮的灰西装，系着领带，头戴一顶棕色帽子。两个手指捏着帽檐，就像在法庭上那样。他留着唇髭。那胡子的颜色没有头发那么红，是棕黄色，有几根已经变得灰白。他看起来挺成功，俨然一位城里人，山里人的土气在他身上荡然无存。我们没有谈他年轻时候离家出走的情形，但是看得出，他没有因此而蒙受什么损失。他成了自己想成为的人。他没有问，但我觉得有必要告诉他妈妈的葬礼，告诉他镇子里的人都跟在棺材后面，一直走到山上大坝那面的墓地。我给他讲这些的时候，他一动不动坐在那里，只是低头看手里的帽子。我也就没有给他再讲爸爸去世的情况。但是我告诉他，卖了我的马鞍和爸爸留下的一些东西，让齐勒喂养"老娘"，不要把它卖掉。我不想让任何人骑那匹母马。他说，他会按我的吩咐去做这些事情，但是我不知道他是否真的做了，我也没看见他卖了我的东西和爸爸留下来的那些东西换回来的钱。一想到不得不把爸爸用了一生的工具留在身后，我就非常难过。我一直想珍藏那些东西，直到离开这个世界。但是世事难料，做梦也没有想到我自己落了这样一个下场。我对查理没有什么怨恨。他对我们的生活方式已然陌生，他创造了自己的生活，我敬佩他。

我们像两个陌生人，坐在监狱里，很快就没有话题，只是一言不发干坐着。他低着头，在手里转着那顶帽子。我呆呆地望着他。后来，我问他："你一定有妻子儿女了吧？"提到家，他才活跃起来。他告诉我，他有两个女儿，一个儿子，都在学校念书，表现都不错。他在麦凯制糖厂办公室工作。他还说，他们在法利买了房子。不过我不知道法利在哪儿，所以也想象不出那地方是个什么样子。他临走前，把身上装的一盒香烟给我留下，说还会再来看我，问我有没有什么特别需要的东西。我看出他和我坐在监狱里很不舒服，急于离开，便说，没什么需要的，感谢他来看我。后来，我再也没有看见过他。

宣判之后，我和本被分别关在斯图尔特三个死囚牢中的两个。牢房在二楼主廊道后面。中间隔着那个空牢房。牢房门太厚，正常说话根本听不见，狱警又不准我们相互之间大声喊。本大多数晚上都吹口琴，我能听得很清楚。我躺在床上闭着眼睛听他吹"殖民地男孩儿"[1]。他知道，这是我最喜欢的歌，特别是那几句歌词：**"他是父亲唯一的希望，母亲的骄傲和快乐"**。我们都算不上"殖民地男孩儿"，但我们都喜欢这首歌。一听到这几句歌词，我就想起母亲。本唱一句，就停下来，用舌头在口琴上打几拍子，然后再唱一句。不时加几个华丽的装

---

1 殖民地男孩儿：这是一首爱尔兰 - 澳大利亚民歌。这首歌有不同的版本。最广为流传的是关于一个名叫杰克·唐纳修的爱尔兰造反者的故事。杰克后来成为囚犯，越狱潜逃后成为绿林好汉，最终被警察打死。

饰音。我躺在床上闭着眼睛听他吹这支歌，想象着我和艾瑞、他还有迪兹在无花果树泉野营。我们生起的篝火，火星飞溅，飘向繁星点点的夜空。那是多么快乐的时光。

法官确定对本行刑的日期之后，时间过得很快。那天早晨五点，他们来牢房带他到刑场。天还没亮，我一直没睡，听见打开牢门的声音。"喂，我来了，鲍比。"他朝我大声喊着。他哈哈大笑，是那种让人听了毛骨悚然的大笑。我知道这笑声一定会让来押他的法警浑身颤抖。"他们要绞死我了，鲍比！"我笑不出来，但大声喊道："我爱你，本！""我也爱你，鲍比·布鲁！"他大声喊着。牢门在他们身后砰的一声关上，他们走了。那是我们相互之间最后说的话。发自内心的话。本·托宾不是圣人，但也不是坏蛋。他们本来应该让迪兹在他临死前见他一面，但是他们说，她不是他的亲属，没有权利见他。

本走下楼梯，牢门在他身后砰的一声关上之后，有一个囚犯开始唱"殖民地的男孩"。渐渐地所有的犯人都加入进来，直到变成具有挑战意味的大合唱，好像一群发狂的武士在战斗中呼喊。"有一个殖民地男孩，他的名字叫本·托宾。"他们齐声歌唱。我看到他们如何创造出一段传奇，把本描绘成他们心目中的英雄。歌声在夜空回荡了好长一段时间，戛然而止，好像被人拦腰斩断。那寂静让监狱的石头高墙颤抖。

我站在牢房门口等待着，奔流的血在耳朵里发出嘶嘶嘶的响声。铁门上的小窗砰的一声打开时，我的心几乎从嗓子眼儿里跳出来。狱警把本那把有个小凹痕的口琴放在一个盘子里递给我。我伸手去拿的时候，他说："你的朋友在钟楼上被绞死，鲍比·布鲁。"这就是歌声戛然而止的原因。他们都知道，都在等待钟声响起。我站在门口，手里拿着本的口琴，向我们的主耶稣基督祈祷，祈求他把他留在身边，直到我去和他，和其他等在那儿的亲人会合。钟声响起，我低下头，为我的朋友哭泣。我在心里说："他们把耶稣基督吊在十字架上，本。"母亲温柔的声音在我耳边回响，就像她的手心抚摸着我的面颊。"我们都吊在十字架上，鲍比·布鲁。我们都吊在十字架上。"我想，本在他们吊死人的那个地方，一定非常孤单。法官、新闻记者、监狱长吉勒·道威斯都站在周围看他上路。我知道，他会微笑着看他们。而他们永远都不会知道，他与迪兹和他们的孩子永别时心里有多么痛苦。本永远都不会让他们看到他的痛苦。我知道这一点。他们在绞死一个小孩的父亲。而他们这样做不会给任何人带来好处。我爱本，直到我到世界那一边，

240

和聚集在那里的亲人团聚，依然爱他。我真实地记录了发生的这一切，是为了所有那些恨他，把他看成坏人的人都撒手人寰之后，他还能活在人们心中。我写下这一切还有另外一个原因。这个原因我将在下文叙述。

我的朋友本死了。我再也看不到他了。闭上眼睛，我就能看到他的微笑，听到他的声音。我估计一周或者两周之后，他们就会把我送上绞刑架。对于死，我已经一点儿都不在乎了，巴不得他们赶快执行，结束这一切。当迪兹用本后来打死丹尼尔·柯林斯的来复枪对准我的眼睛的时候，我已经看见死神凝视的目光，我已经知道黎明前，那个地方正朝我招手。我没有恐惧，早已将生死置之度外。我每天夜里都读《福音书》，想妈妈给我和爸爸读这本书时的情景。这时候，阿尔弗雷德来看我。他对我说，现在，人们认为"煤河惨案"的罪魁祸首——这是他们的说法——已经付出"最终代价"，要求报仇雪恨的声浪渐渐平息，所以他正在为我的死刑判决上诉。

"最终代价"是他对绞死的说法。原来乔治·威尔逊和齐勒·斯维尔斯都给他写过信，为我的良好品行担保。可是开庭时，他们以这些材料"与本案无关"为由，不准律师出示。现在他要用这些对我的品行做出担保的信件为我上诉。我对阿尔弗雷德说："我不想上诉，我已经做好上绞架的准备。"他不听我的话，说我还年轻，只要有活下去的机会就会改变对死亡的看法。他径自去上诉，结果我由死刑改判为无期徒刑。他说，这意味着，如果表现良好，坐二十年牢就可以获释。尽管我们俩的身份有天壤之别，但我觉得我们相互都喜欢对方。他来监狱告诉我，上诉成功，我不会再被绞死的时候，他紧紧地拥抱我。我闻见他嘴里一股难闻的格罗格酒味儿。他说："你还年轻，鲍比。等你走出这个地方，我早就死了。"我对他说，预测未来没用。因为我们根本就看不清通往未来的路在何方。

当初我为他们没有送我和本一起上路而遗憾，可是一旦生命又回到我的手里，就觉得阿尔弗雷德的话没错。我很快就忘记自己曾经想要结束眼前的一切，开始珍惜生命，对自己又充满希望。那时候，我已经认识许多字，艾瑞教过的那些课文也没有忘记。减刑之后，我被带到道威斯的办公室面见这位监狱长。他坐在桌子后面，从眼镜上方看了我好半天，然后说："给这个小伙子去掉手铐。他当着我们的面跑不了。"他哈哈哈地笑着，吸了一口烟。狱警去掉我的手铐。我相信，他人不坏，只是要和许多坏人打交道，而且他对他们的信任一次又一次得不到回报，让他失望。不过，他依然相信他对自己管辖的这些人——我是指我们这些犯人的判断。这些人被看作人渣。当然离"人渣"的标准确实也不远。

道威斯监狱长说："牧师告诉我，你喜欢读书，鲍比，对吗？"我说，是的，我非常喜欢读书。他看了一眼站在我旁边，手里拿着手铐的狱警说："那么，好吧，托比，老亨利走了。也许我们可以让这个年轻人接管斯图尔特监狱图书馆。"狱警斜着眼睛瞅了我一眼，说："也许吧。"听起来似乎没有什么信心。监狱长又看了我一眼，说："怎么样？鲍比。"我千恩万谢，表示一定尽力做好。"他会尽力的，"道威斯对那位狱警说，"试试看吧。"就这样，这些年我一直管理图书馆。我被关到 C 段楼上的一间牢房，下面就是图书馆。

最初几年，当我对这个世界知之甚少的时候，阅读救赎了我。所以我一直在想，是艾瑞救了我的性命，因为她教会我读书认字。斯图尔特监狱图书馆有七百多本书，我每一本至少读过两遍。我替不会写信的犯人写家信。我给那些想听故事而自己不会阅读的朋友读书，我还教几个人读书认字。他们最喜欢的书是《怕见人》，一本关于小母牛的小说。我不知道他们——有的人心肠很硬、报复心极强——为什么喜欢听这个故事。他们像孩子一样，一遍又一遍地让我读给他们听。写这本书的人名叫弗兰克·多尔比·戴维森[1]，现在已经没有人知道他了。我常常看到那些良知尽失、体面全无的人听到小红母牛奔向自由的时候，眼睛里荡漾着温暖的笑意。

就是在斯图尔特监狱，我变成一个读书、写作的人。我一直在艾瑞·柯林斯教给我的那些知识的基础上，积累文化。在图书馆，有很多安静的时间。不久，我就开始给艾瑞写信。没有她的地址，我就把那些信标明日期，装到一个盒子里。在那些信里，我记录了发生在我们之间的每一件事情，把真实情况按顺序说得清清楚楚，这样一来，她就会相信，我从来没有辜负过她的信任。虽然我知道这些信她永远都不会看到，但写下来仍然有一种满足之感，因为这个过程可以帮助我更好地明白一些道理。坐在安安静静的图书馆给艾瑞写信，我总是觉得我和她在促膝长谈。对于我那是宝贵的时间。

---

1 弗兰克·多尔比·戴维森（Frank Dalby Davison，1893—1970）：澳大利亚小说家，他继承和发展了亨利·劳森、万斯·帕尔默等澳大利亚著名作家的文学传统，以"抒写动物故事和丛林生活"闻名。最受欢迎的作品是小说《怕见人》（Man-Shy）和《尘埃》（Dusty）。《怕见人》写一头小母牛厌恶农人对它的束缚，逃出牛群，几次摆脱了追捕，与野牛为伍，充分享受了前所未有的自由。出版后广受欢迎。

我在斯图尔特监狱坐到第十二年的时候，收到艾瑞寄来的一封信。自从查理看望我后，十二年间再也没有人来看过我，也没有人给我写过信，直到那天收到艾瑞的信。那天早晨，我打开图书馆的门时，看到桌子上放着一封信。一定是狱警放到那儿让我看的。我看到信封上写着我的名字，便拿了起来。信已经被监狱当局拆开看过，每一页上面都盖着监狱的蓝色印章。我仿佛从骨子里，一下子就知道信是谁写来的。我坐下，打开淡蓝色的信纸，一口气看了三四遍。我保留着这封信，逐字逐句抄到这里。这是艾瑞沉默十二年之后第一次写给我的信。那是淡蓝色的纸，没有横格，和监狱发给我们的带横格的白纸不同。这就显得这封信更加特别。

亲爱的鲍比，

收到这封信你一定非常惊讶。这一点我知道，但是我不知道你是否会高兴。我想，你一定早就忘记了我，你在心里说，永远摆脱那个姑娘！可是我从来没有忘记你，没有忘记煤河那场悲剧发生之前，我们在干草山相处的那一段短暂的时光。我几乎不敢对你提煤河，但是既要给你写信，就得诚实，就得告诉你沉默这么多年之后我又联系你的原因。十二年前，你一定希望听到我的声音，希望得到我的支持。但是因为我是未成年人，没有权利支持你，而且不知道为什么，我也不想为你辩护。对此，你一定不理解，我自己也不理解。思想深处，我只想尽量远离已经发生的那一切。米里亚姆惨死的情景从来就没有离开过我。我的小妹妹一分钟前还活着，躺在小床上，胳膊搂着我，下一分钟就死了。我无法接受这个事实。只要我还活着，我生命的一部分就不能，永远不能接受这个事实。事到如今，我不会对你撒任何谎。拿起笔给你写信并非易事，我心里有诸多的不安和担心。最害怕的是你和本·托宾为那天发生的事情谴责我，你从来没有原谅我，甚至想起我就满腔愤恨。

母亲把我送到布里斯班一所寄宿学校。我在那里生活了六年。六年间或多或少有一点快乐，但我已然是和你在山里认识的那个女孩儿全然不同的另外一个人。妈妈还生活在汤斯维尔，但我很少回家度假，除了圣诞节。通常我和一位朋友待在布里斯班或者黄金海岸。然而煤河和干草山，如影相随，难以忘怀。离开干草山的最初几年，我完全生活在一个为自己的愚蠢负疚和懊悔的世界里。我没有一天不在无数次地想，如果当初自己不是那么固执，非要离家出走，一切将会多么的不同。这是我一辈子干的最愚蠢的事情。我为发生的每一件事情谴责自己——小妹妹的死，父亲的死，本·托宾的死，你被终身监禁。本、迪兹对我和米里亚姆非常友好，我却以沉默回报了他们。

十八九岁之前，负罪感一直纠缠着我。我总是把痛苦深藏在心底，从来不和任何人诉说。我发现就是此刻，给你写信也很难，好像我在抱怨。而你这么多年，没有自由，你有比我多得多的理由抱怨命运对你的不公。我不想再没完没了地纠缠这些事情。要理清这些事情，或者试图完全摆脱它们的纠缠，于我而言太困难、太痛苦、太复杂、太可怕。

那么，你一定会问我，为什么要给你写这封信？离开学校之后，我学习了速记和打字，开始在布里斯班一家生产饼干的工厂打字小组工作。我喜欢这份工作，也喜欢和我一起工作的那些姑娘。我在那儿遇到一位助理会计员，和他结了婚。那年我十九岁，他二十三。我们有一个小女儿。有了辛西娅之后，艾伦对我的态度就越来越坏。辛西娅这个名字不是我取的，那是他母亲的名字，他坚持让女儿叫这个名字。下班后他和他那帮狐朋狗友吃喝玩乐，夜不归宿，我的日子越来越糟糕。具体细节我不想在这里细说。总之，去年圣诞节之前，我带着辛西娅回到汤斯维尔。我母亲还在汤斯维尔。但我们很少联系，除了圣诞节和生日，相互都不见面。我在汤斯维尔一家律师事务所当打字员，所里的同事都是很好的人。工作中，我被欣赏，被尊重，过得很快乐。

自从回到汤斯维尔，我每天都在想，你就在离我不远的斯图尔特。你是世界上除了我之外，唯一知道煤河事件真相以及怎么会酿成那场悲剧的人。我知道，如果我想摆脱那种负罪之感，摆脱那场悲剧造成的精神压力，就必须和你谈一谈。请原谅我又一次闯入你的生活，鲍比。但我希望你理解，如果能有什么办法，我一定会弥补我的过失。

如果你不恨我，我想去看你。如果你不愿意回信给我，我也理解。再次请求你原谅我又一次打搅你的生活。你一定希望从来不曾认识我。我只求你一件事情。那就是，如果你恨我，不愿意见我，我现在告诉你，你必须把煤河真实的故事写出来，否则真相就会永远被历史湮没，你和本将永远被人们认为是冷血的杀手，而你们根本就不是。许多年前，我教会你读书识字。如果这点本事派不上别的用场，那就如实记下煤河的故事，那将非常有意义。只有看到你救赎自己，才能解除我自己没有办法解除的良心的重负。原谅我说这些。我对你再没有别的要求。

信的后面，她只简单地签了个艾瑞。

图书馆静悄悄的，我坐在桌子旁边，想着那个姑娘，监狱里的声浪像远处的瀑布发出的响声。我试图在脑海里想象她的模样，但是很难捕捉到她的倩影。空留下一种感觉：这么多年，我多么珍惜她的友谊，正是这种友谊帮助我在这样一个地方没有沉沦。在斯图尔特监狱，少不了苦难。然而这不是我在这里喋喋不休的目的。这么多年，艾瑞一直为那些不该发生的事情负疚，我听了心里非常难过，真想马上给她打个电话，告诉她，那不是她的错。我坐了好长时间，才让自己平静下来，给她写回信。这些年，我给她写过许多信。我知道那些信永远不会落到她手里，所以写的时候，不假思索，直抒胸臆。可是现在，不知道该如何开头，开头之后又不知如何往下写。结果开了好几个头，都把纸揉成一团，扔在一边。我站起身在图书室来回踱步，向走廊张望，看到人们走来走去，然后又回到桌子旁边坐下，写信给她说，如果她愿意来见我的话，我当然想见她。

我现在已经没有当年写给她的那封信了。但我记得在信中告诉她，对于煤河那天早晨发生的事情，她没有什么可责备的。完全是一个突发事件，谁都没有预料到，我们都吃了一惊。我说，我没有想到，她还希望和我再次说话，非常高兴她能写信给我。我不知道，要不要把我对她联系我的真情实感告诉她，因为我不想把她吓跑。看到她的手迹，读着她那充满忧伤和痛苦的文字，我的心被一种巨大的感情的浪潮冲击着。我知道，如果把这一切告诉她，她或许不敢来见我。

她来监狱看我的那天早晨，我非常紧张。你或许不会相信，我见艾瑞，比面对执行绞刑的人还紧张。生活常常会和我们开这样的玩笑。

我走进探视室的时候，她正坐在那里等我。我一眼就认出她。她已经不再是我认识的那个十二岁的姑娘，坐在眼前的是一位二十四五岁的漂亮的年轻妇女。但是不会弄错，肯定是她。看见我进来，她站了起来。我们就隔着一张桌子面对面站着。直到狱警让我们坐下，才坐了下来。一时间，两个人不知道该说什么。"你好吗？"这样的话傻乎乎地问了不下十遍。"我很好。"也重复了十遍。然后，我们俩突然哈哈大笑起来。刹那间，我们又成了我们自己。她哭了起来。我也想哭。我不能到桌子那面抚摸她，安慰她，这是让我最痛苦的事情。她道歉，说不该哭，然后又笑了起来。她从手提包里拿出手帕，擦了擦眼睛，说，她看起来一定很糟糕。我从来没有见过比她更漂亮的女人，但是没有勇气把这话说出来。

我决定要把我这么多年写给她的信都交给她。我问她，这些年去没去过干草山。她没去过，不知道迪兹和本的孩子怎么样了。艾瑞在一家律师事务所当打字员，她说，她会调查了解，弄清楚他们的情况。我们聊了一会儿迪兹和她跟本的孩子。这样就可以不谈我们自己。她说，他们俩是煤河惨案的"隐形受害者"。我问艾瑞，她的孩子在哪儿？她说在幼儿园。"她四岁，很聪明。"艾瑞说。看得出，她很为女儿骄傲。"你会看到她的，"她说，"下次我来看你，就把她带来。"我们没有谈她信里说的那些事，也没有谈她的负疚，或者我的感受。这都是太大的话题，压抑我们太久。我相信，看到还是当年在一起的艾瑞和鲍比，我们俩一定都非常激动。这是我一生中最重要的感情，我不得不想，我是真正理解了这种刻骨铭心的感情，还只是在生命之湖做了一次浮光掠影的旅行。

我们俩什么话也没说，但是一起哈哈大笑的时候，都知道，我们的心贴得很近，一直就很近。这一点无须遮掩。探视的时间到了。她说："我下星期再来看你。"我说："等你。"她转身要走的时候，眼里又溢满泪水。我目送着她，直到她的背影消失。她从岗哨旁边走出去的时候，又回过头，看了一眼。

整整两年，艾瑞每周都来看我一次，直到我获得假释。我告诉她，我已经开始记录煤河发生的那些事情，她听了非常高兴。监狱当局不准我把信交给她。倘若看到那些信，她就明白，这么多年一直是她给我力量。监狱当局想先看那些信，但我不能同意这样的事情发生。所以那些信一直等到我出狱才带出去。艾瑞只有一次没来看我，那是因为她的女儿感冒生病。

我想帮助她，让她认识到她不应该总是自责。对于已经发生的悲剧，我们都有责任。那只是一个巨大的错误。她对我说，关于这件事情，她只听了母亲的一面之词，她想跟我谈谈，了解一下细节。你是世界上唯一了解真相的另外一个人。她说，她被枪声惊醒后，就从本家的侧门冲了出去，迪兹把她拽了回去。她看见母亲双膝跪地，以为她受伤了。"他们好像都在相互射击，"她说，"我当时只想着赶快跑到妈妈身边。"她和妈妈相处一直不好，她说。"妈妈和我之间总是有点问题。米里亚姆是妈妈的掌上明珠、希望之星。失去米里亚姆，她就失去生活的乐趣，再也不会回到往日的幸福，"艾瑞对我说，"妈妈心里充满仇恨。因绝望而心门紧闭。她责备我，责备你，责备自己不该鼓励你读书写字。"艾瑞说。"我一直提醒她，你刚到我们家的时候，她鼓励你读书写字是件慷慨助人的好事。

这不是造成悲剧的原因，只是我们那时候生活的一部分。可是妈妈一提起这事儿就心烦意乱。我什么时候觉得可以忍受了，就去看看她，但是实际上我们俩谁都不会从我的到访中感受到快乐。"

艾瑞打听清楚，我的那匹母马"老娘"，在齐勒小客栈后面的马围栏被蛇咬死了。她跟我说这个消息的时候，我说，我已经预料到它会落得这样一个下场。最让人难过的是，艾瑞通过调查发现，政府的人来到干草山，从迪兹手里抢走她和本的孩子。迪兹不知道孩子在哪儿，政府的人不告诉她。艾瑞还要进一步追寻，直到弄清楚那个男孩儿在哪儿。迪兹和罗西一起生活了几年，直到罗西去世。我虽然一直没有和艾瑞说过，但心里明白，罗西一定因为本打了她的儿子奥兰多，便在他身上施了老默里人的魔咒，吞噬了他的生命，造成他的毁灭。我甚至没有用这些话告诉自己，但我知道一定是这么回事儿。我以妈妈的方式知道这事儿。他们的魔咒就在那儿，宛如你无法言传的埋葬了的死亡。

我在监狱里坐了十四年之后获释。监狱长道威斯让我去见他。这次，他站起身，走到桌子这边，和我握手。他看着我的一双眼睛，微笑着祝我走运。"你干得不错，鲍比。"他说。他告诉我，他自己也要离开斯图尔特了。一位新的致力于改革的监狱长从爱尔兰过来，接替他的位置。当他告诉我，政府正在很认真地讨论废除死刑的时候，我们俨然是两个平等的人，凝视着对方。就是这样。我握了握道威斯的手，希望他在新的工作岗位上一切顺利。看到犯人最终一点儿都不恨他的时候，他总是非常高兴。让他欣慰的是，大多数犯人对他都是这样。

两年来，艾瑞来探监时，我们不能有肌肤之亲，更没说过"爱"这个字眼儿。但是从第一天见面，在一起又哭又笑以来，"爱"就没离开过我们。我和艾瑞深知，我们就是彼此的命，只是没敢说出来，只是梦想能伸出手，抚摸一下对方。但那只能是梦。一种无法用语言表达的、太过浓烈的感情，只要我还没有自由，就是遥不可及的奢望。如果把它释放出来，就会以一种剧痛把我们摧毁。所以，我们从来只字不提。但是，它在我们心中，在我们每一次对视的目光中。这两年比过去那十二年过得还要慢。我生怕没等到假释，没能在外面真实的世界和艾瑞一起享受自由，就病死在牢房，或者被处死在绞刑架。我一直在做这样的白日梦，在生怕永远得不到自由的恐惧的重压之下拼命挣扎。

他们发还了我的衣服。走出斯图尔特监狱那天的早晨，我又戴上那顶旧帽子，知道我是自由人了。我看见艾瑞和她的小女儿站在路边等我。她向我走来，我不知道如何用言语表达此刻的心情。她伸出手，把我的手握在她的手里。我们手拉手离开监狱，向眼前那条路走去。好像她是来认领我一样。那一刻，我和艾瑞都知道，我们要回到干草山。我们属于那广袤的丛林。我们要在那里试试运气。后来，我把那一包旧信和这份记录都给了她。这两样东西是我对所有那些事件的理解。那些事件将永远关闭在我们的灵魂里，直到离开这个世界，正如我们俩关闭在对方的心里一样。那天早晨，我们一起向宽阔的大道走去，握在手心里的艾瑞的手指给我一种难以言喻的感觉……